NOT JUST TRAVEL

不止是旅行

刘俊 / 著

上海三联书店

自序

不止于旅行，更在于成长

从美利坚北端的尼亚加拉大瀑布到非洲最南端的好望角，从南半球的悉尼歌剧院到英格兰北部的爱丁堡音乐节，从江浙一带的农家乐到非洲大草原的Safari，从白雪皑皑的玉龙雪山到纵贯欧洲的阿尔卑斯山脉，你横跨欧亚大陆，驰骋东西南北，看过了四季的风景，品尝了各色的美食，体会了别样的经历，收获了不同的人生。

还记得你第一次自助游是在十年前的云南。你第一次自己设计旅行的线路，自己在网上寻找性价比高的民宿，自己拖着沉沉的行李箱寻找《一米阳光》中的酒吧，自己和束河古镇上的牧民讨价还价。没有宽敞舒适的巴士，没有服务周到的导游，没有预先备好的团餐，一切都是未知，一切都得自己来！其结果是，你可以在花香满院的民宿里淡定地享受下午茶，在马背上重走了茶马古道留存至今的一段，在束河古镇上与当地少数民族载歌载舞,在大研古镇倾听宣科老先生的纳西古乐。你安排着时间,因为“五一”长假只有短短的七天时间,你希望每一天都过得充实而悠闲;你计算着兜里的钱,希望每一分都用得其所。在家从不记账的你,每天临睡前都会把账目记得一清二楚、毫厘不差。不知不觉中,你发现自己长大了,学会了自我管理!

第一次一个人走出国门,你选择了日本。飞机上,你不经意的一个善举,同意和邻座换一下位子,她便教你如何填写入关单,并一路带你出关进关,并把你送上从成田机场前往东京市区的大巴。你因此学到了一个道理,帮助别人就是帮助自己!东京的街头,你拿着中日英三张地图,茫然四顾,是略懂英语的好心人教你看懂了错综复杂的东京地铁线。东京的台场,你通过英语认识了来自台湾的同龄人小蔡,你们互为摄影师,相处甚欢,成了至今联系的好闺蜜。京都的自助午餐,你和来自美国的艺术家Aimee聊天,你们用英语谈艺术的魅力,谈旅行的体会,谈美食的诱惑,天南海北,不亦乐乎。带着满满的收获回到上海后,你对父母说出的第一句话是“谢谢你们,让我接受了良好的教育,可以独步天下!”感恩父母,是他们让你接受了他们所能给予你的最好的教育。旅行,让你收获了友谊,懂得了感恩!

自　序

与跟团游相比，自助游是辛苦的，也是幸福的，它是一个探索的过程，是一场充满未知却美妙绝伦的人生体验。不是走马观花，而是深入生活，了解各地的经济情况、人文艺术。除了看风景，还了解当地的风土人情。你曾经花了整整两天时间去观赏大都会博物馆的珍宝，也曾经四次进出特拉法加广场的National Gallery反复鉴赏莫奈的《睡莲》和梵高的《向日葵》。你曾经在伦敦西区欣赏到无与伦比的音乐剧《剧院魅影》，也曾经在纽约的茱莉亚音乐学院聆听多明戈的《茶花女》。与这些经典艺术同时留存于心底的还有伦敦科文特附近那个专卖打折票的亭子间，纽约时代广场上那个人头攒动的红色售票厅，每天下午五点开售的波士顿交响乐团的打折票。你还曾跟着民宿的老板娘学烧川菜，参加南非的汽车拍卖会，在纳帕酒庄学习如何酿酒。这些记忆之所以深刻，就是因为它们是你亲身经历过的，用心体验过的；它不是一片浮云掠过心头，而是一道光辉镌刻心间。

旅行是留在电脑里的那一张张照片，是永驻心间的那一片片回忆，是停留在笔记本上的那一页页日记和一行行账目，也是散落在世界各地各个角落里不同肤色却彼此牵挂的朋友。旅行着，成长着！

目　录

自序　不止于旅行，更在于成长 / 001

上海

记忆华山路及周边 / 9

海派城隍庙 / 20

印象徐家汇 / 28

苏州

姑苏断想 / 41

信仰的位移 / 47

耦园里的书房 / 51

杭州

胡雪岩故居与胡庆余堂 / 59

梅家坞问茶 / 67

灵隐寺开悟 / 72

上海周边

艳遇西塘 / 85

初识宜兴 / 90

随喜三洲山 / 98

虞山脚下的凭吊 / 105

福建

从平遥古城到南靖土楼 / 117

在钢琴之乡的梦里入眠 / 124

美若云水谣 / 128

云南

我在云南迷了路(一) / 139

我在云南迷了路(二) / 143

我在云南迷了路(三) / 147

目　录

鲁、黔、川

烟墩角的天鹅之歌 / 155
黄果树之“大”/ 158
愿做菩提那朵莲 / 163

意大利

金碧辉煌下的血色 / 173
在神的名义下(一) / 176
庶民的胜利 / 181

南非

恋上开普敦 / 189
别了,开普敦 / 192
为了非洲最西南的那块岬角 / 195
只为那远航的梦 / 201
迪亚士发现了好望角? / 206

英伦

哭泣玫瑰 / 215

维纳斯,睡去了 / 223
在神的名义下(二) / 231

巴黎与巴厘岛

一切都不会过去 / 241
巴厘岛,不止是海 / 253

德奥

站在柏林墙下 / 271
一边是诗,一边是哲学 / 278
天使降临萨尔茨堡 / 291

其他

台湾的那些人 / 313
亚拉河畔的传奇 / 319
精品店里的遐思 / 325
那些年我追过的剧 / 328
信仰的力量 / 338
遍访世界名校 / 342

目　　录

感恩遇见 / 357

后记　体验是一场人生的旅行 / 369

上海

上海华山路老洋房

安福路的 café

武康庭的画廊

上海豫园民俗灯会

上海城隍庙庙门

徐家汇天主教堂

徐光启的坐像

徐家汇藏书楼

徐家汇土山湾博物馆中国牌楼——曾参加 1915 年旧金山巴拿马世博会

记忆华山路及周边

走在华山路上，夏朵华山烘培的面包香味溢满了从安福路到复兴西路的大半条华山路；夕阳从树荫间漏下来，映出路人长长的裙摆。坐在藤椅上，看96路从复兴西路转弯驶过，着一身旗袍把自己扮作月份牌上的美女，读读林徽因，或是毕淑敏，和朋友品品香茗或是咖啡，让氤氲的灯光跌落在诗意的杯中，让淡雅的香味熨贴全身。记得小时候这里是一家羊排馆，夏日的晚上，天井里的老老少少都会聚集来这里，趴在玻璃窗上，看大厨把火烧得旺旺的，看金发碧眼的“外国宁”（上海方言）进进出出，看葡萄酒的红色晕在高脚杯的杯口上，那是20多年前的上海。复兴西路华山路口原是有个岗亭的，圆的、封闭的、好几格台阶，每天幼儿园回家，我总要向里面的警察叔叔行个注目礼，今天的上海已然找不到这样的岗亭了。紫藤的暗香从隔壁花园的一隅钻过来，古老的浪漫情怀悠然飘散开来。丁香，这个和戴望舒诗中的女孩有着同样名字的旧式女子，没有撑一把油纸伞，没有太息的目光，却也有着丁香一样的颜色和芬芳，身为权倾一时的李鸿章的九姨太，她不甘心做大家族里的笼中鸟、金丝雀。于是，李鸿章托盛宣怀在上海置地，盖了这座花园，取名丁香。沧桑变迁，人去楼空，只有这座古老的花园安然犹在，在夕阳暮色中诉说着久远的往事。

对面弄堂口，狗狗懒懒地趴在地上，午后三四点钟的太阳已经不那么烈了，它舔着自己的爪子，乖乖地朝我看看，又乖乖地舔它的爪子去了。站在弄口，我耳边依稀响起爆米花的“砰”的响声，那“砰”的声响是惊雷，更是欢乐的鞭炮；炉子一开，孩子们都四下散开，旋即又聚拢来，将散落的爆米花瓜分无几，那丝丝的甜意仍然在我的心底回味，只怕那个摇炉子的老头早已不在了吧。弄口那两棵大树却还苍劲挺拔，它们扎根在这弄口，也扎根在了我儿时记忆的深处；小时候每每路过此地我都要上前抱一抱，看看自己的臂膀是不是又长长了，想想自己哪一天才能将它们合抱起来。弄堂对面的联华超市原先也是家杂货店，夏天幼儿园回家的路上妈妈都会在这里买根冰棍或者雪糕给我吃，难得也会买块冰砖，光明牌或者金鸡牌的，拿回家来和奶奶一人一半，冰砖是那个年代里最奢侈的冷饮。弄口的阁楼上有家缝纫铺，我还记得，那时候成天伴着老唱机里周璇的歌声一并传出的是唧唧复唧唧的脚踩缝纫机的声音，堂姐出嫁的衣裳、被套都是在这里缝制的。时过境迁，这家缝纫铺也没了踪影。弄堂里的夏花开得烂漫，从篱笆墙的缝隙中钻出来，亲昵着路人的肌肤。弄堂深处，摄影爱好者正扛着单反在那里构图对焦，疏影横斜，怡然自得。也许是见惯了这样的场面，弄堂里的人对此都视而不见，依然优哉游哉地晒他们的太阳，拉他们的家常，任我们随意摆弄，管我们从哪里来，拍照做什么用，让自己居住一辈子的房子成为别人底片上的记忆也是他们心底的自豪吧。

沿着华山路一路走来，那幢高高的七层八字型英式建筑是曾被称作“海上名楼”的“枕流公寓”。夕阳西下灰色的墙面被染成了金色，光芒熠熠，就像是在记忆深处投射进了一道亮光。墙上的爬山虎随风起舞，墙缝间的青苔也如同一道道生命的痕迹，召唤着往昔的记忆。“金嗓子”周璇曾在这里居住了 25 年，直到去世。越剧演员范瑞娟、傅全香，王文娟和孙道临夫妇，演员乔奇、孙景璐夫妇，文艺理论家叶以群，篆刻家吴朴堂以及曾任《文汇报》总编辑的老报人徐铸成也都曾在这里居住。即便没有感受,没有追忆,但只要有文艺,那么属于上海滩的那份记忆往事就永远不会老。据一位在公寓里住了50多年的老人说,枕流公寓的英文名为Brookside Apartments。brook,即水流动的小河、小溪,Brookside Apartments可直译作"河边公寓"或"溪边公寓"。老人不知道这样的英文名字是从中文名翻译过来的,当年公寓的主人李鸿章的儿子李经迈引用《世说新语》中"枕流漱石"的成语,将大楼取名为"枕流公寓",意喻远离世俗,暂避喧嚣,清心静思,过上枕石漱流般的生活。

坐在安福路话剧中心对面的café歇歇脚,抬眼是泛黄的报纸和剧照,四叶吊扇低低回旋,伴着老唱机的低低吟唱。案头摆着Cheese蛋糕和《雷雨》等话剧宣传册,现代与近代、东方与西方,一时间仿佛在这狭小的空间里相会、交叠。头枕着书架,随手拿起一本杨绛的散文,就着玫瑰花茶的香味慢慢品着。老式的台灯、盘旋而上的木楼梯、静立在一角的壁炉,甚至是卫生间的马赛克地板,无一不让我感受到它旧时的那份高雅与尊贵,突然间就有了一种恍若隔世的感觉。就在我靠着的这堵墙的背面,现在的可的超市,曾经是鸭声鼎沸的禽类市场,我还记得。

出了 Café，转角就是武康路了，一栋栋洋房收入眼底；西班牙式的小尖顶显出几分慵懒，带有优雅柔美造型的意大利式半圆形阳台很像莎士比亚笔下罗米欧和朱丽叶幽会的阳台，上面缠绕着枝叶纷披的长春藤，街边幽静的小花店总看不到主人，偶尔碰见几个举着单反的人，相视也在不经意间。武康路留给我印象最深的恐怕要数电影《色·戒》最后那段，放走了老易的佳芝装得没事一样叫了辆黄包车“到福开森路去”。张爱玲的小说里，王佳芝最后是要去“愚园路”的，李安却改为了“福开森路”，只是很少有人知道当年的“福开森路”就是今天的武康路。当年，法租界当局为表示对美国传教士福开森的感谢，特意将法租界西区的这条马路命名为福开森路。1943 年 10 月，汪精卫政府接收租界时将福开森路改名武康路，福开森路这个名字就和麦琪路（乌鲁木齐路的旧名）、海格路（华山路的旧名）、居尔典路（湖南路的旧名）一样悄然隐匿在了历史的长河中。

走在武康路上，我很自然地发现它骨子里浸透着的优雅与沉静，几乎每栋房子里都住过一个显赫的人物，每条弄堂里都有它鲜为人知的故事。政界要员黄兴、唐绍仪，商界女杰董竹君，钢铁大王朱恒清，面粉大王孙多森、孙多鑫等商界巨擘的身影都曾出现在这条路上，文学大师巴金，影坛巨星孙道临、赵丹等也曾在这条路上居住多年。

没走过几个门牌号码，便是一幢有来头的宅子，武康路 40 弄——民国总理的官邸，现在是条弄堂，可以自由进入。弄堂非常安静，弄内的 1 号，西班牙风格的独立式花园住宅，民国第一任内阁总理唐绍仪曾在此居住，并在此被国民党军统谋杀，成为当时震惊中外的政治谋杀案。不远处，武康路和复兴西路路口的正广和老屋，高墙耸立，大门紧闭，探向街心的梧桐树枝和那在绿枝间若隐若现的尖尖屋顶，暗示着这里曾是大人物的住所。始建于 1928 年的房子，原是英商正广和老板的住宅，属于典型的英国乡村别墅式样。20 世纪 30 年代，同宋子文沆瀣一气的唐海安一度居住在此。新中国成立后，潘汉年、魏文伯、王震也都曾在这里住过。继续向前，我来到了巴金故居前。庭院里是一幢英国乡村式花园洋房，平缓的屋顶，暗红色细砖贴面，十分朴实厚重。“文革”结束后，重回武康路 113 号的巴金老人写下了《随想录》。从 1955 年起，巴金和女儿李小林一家就住在这幢三层小洋楼里，庭院里种满了白玉兰，巴金在此居住了 40 多年。在这里，他完成了《创作回忆录》《往事与随想》《长夜》《一双美丽的眼睛》等译作及小说，被海内外思想界、知识界和文学界公认为“说真话的大书”。这里也成为巴金在上海定居住得最长久的地方。再往前走几步，一幢典型英式风格的建筑映入眼帘，武康路 270 号，现在是一个居民区，可以自由出入。1936 年前后，这里曾是担任英商通和有限公司主管兼董事的 Mr. Saker 的私宅。弄堂里，随意拉着的几根绳子上晾晒着寻常人家的短裤、T 恤，自行车斜靠在墙角，门房间飘出煎带鱼的香味，从底楼人家的防蚊纱窗望进去，老式的台式电风扇咯吱作响，显然这一幢洋房里住了不下 10 户人家，想必是“文革”的产物了。在这条弄堂里没有大家闺秀、富贾贵胄的别样人生，却还原了最真实的上海“阿拉”的平民生活。与之形成鲜明对比的是武康路 390 号，这栋在上海已经濒临绝种的地中海建筑风格的宅子宛如一位着白色蕾丝长裙的温婉少女大方典雅，亭亭玉立。白色的墙，朱红色的门，落地的窗和弧形的阳台，人站在敞廊下，唯一的感觉就是“别有洞天”。坐在敞廊的藤椅上看庭院里小桥流水，假山亭台，竹林棕榈，如茵芳草，时间仿佛凝固在了 20 世纪 30 年代，脑海里闪过的是宋氏三姐妹、张幼仪、阮玲玉一个个名媛佳丽的身影。390 号对面的 393 号是黄兴故居。带有古典主义装饰艺术风格的 4 层楼的花园住宅现在是“武康路旅游信息咨询公司”。墙上的一幅幅黑白照片记录了武康路的过去，形状如巨轮的武康大楼，已杳无踪迹的宝塔，都在这黑白光影间找到了昔日的面目。

窝在武康路绿荫婆娑的里弄里的除了往昔的奢华，今日的平淡，还有当下的小资。绕过一幢法式风情的红砖老楼，我来到了位于武康路376号的武康庭(Ferguson Lane)，这才发现这幢漂亮的建筑俨然成了其遮目的“屏风”，不留心深入的话，便不会发现里面别有洞天。进入大门，右手的鲜花店Rosa Gallica内一片蓬勃生机，荷兰女主人蓝色的双眸与店里的蓝色妖姬相映成趣，店门口的向日葵让人不由得想起梵高和普罗旺斯，还有和向日葵一样奔放跃动的荷兰的橙色。花店的斜对面是“狮语画廊”，画廊所在的红砖老洋房是民国时期外交官的宅邸，通向二楼的楼梯有漂亮的天窗，最令人惊喜的是二楼小小的露台，色彩鲜艳的椅子本身就是一道风景。从红砖楼之间的小路走到底，就到了武康庭内的餐饮休闲区，在这里最吸引我眼球的就是墙上一幅幅色彩艳丽、足有两层楼高的油画。右手边的铁门就被装饰成了一幅油画，蓝与白的主色调让我不由得想起云南的蜡染工艺，含有乡土气息的现代艺术在这个时尚的狭小空间里散发着别样的摄人魂魄的魅力。不大的院落宁静异常，黑白分明的装饰派风格的小楼错落有致，来到这里，似乎到了巴黎左岸某个宁静的街区。带有帆布阳伞的露天木质桌椅旁,一位骑在自行车上的外国小姑娘的雕塑《迎风》格外招人喜爱。胖胖的脸上写满自信,手松弛地搭在自行车前把上,让人感觉她正驶过我们身边。在这里点一杯咖啡就一块甜点,一个下午转瞬即逝。武康庭面积不大,一切的切割和设计都非常精巧,因此有人称它为迷你版“新天地”。除了艺术风味十足的 Coffee Tree,法国人开的餐厅 Frank,荷兰人开的服装店 D. I. S,俄罗斯人开的酒廊 Globus Wine,菲律宾人开的 SPY 馆,比邻而立。此地虽小,却集纳了世界风情。武康庭如幽幽百合,安安静静地绽放一隅,等待中外有缘人来此相知相惜。

从武康庭拐到泰安路,再从泰安路拐到兴国路上,这里有我小时候纳凉时最常去的兴国花园。孩子骑着小脚踏车在花园里穿梭,后座上的小熊欢乐地朝我笑着,记忆仿佛回到了 20 年前,爷爷转着康乐球,奶奶摇着蒲扇,没有空调的夏日里在兴国花园里数星星绝对不是情侣间的浪漫,而是自然的童趣。当年的我当然不会注意到这里是老洋房的聚集地,就在兴国花园对面的兴国宾馆里就有 20 多幢风格各异的小洋楼。陡峭的红瓦屋顶是德国文艺复兴建筑的象征,采用古罗马半圆形拱券、厚石墙的是意大利文艺复兴建筑风格,还有英式的乡村别墅,都能在这里的老洋房中一一发现。即便岁月更替，这里的老洋房略显颓败，却仍然像是旧日里的淑女名媛，悠然矗立在兴国路的两旁，静静的，悠然的，给人一种时光倒流的感觉。走在兴国路上，我更多感受到的是这里的一份内敛；当视线跳过道旁那高高的围墙，发现的是另一种低调的华美。内敛幽静的路，风格迥异的别墅，构成了这里一道独特的风景线。

与兴国路相交的另一条横马路——湖南路也是上海市区很少不通公车的马路。它厌倦了浮华掠影的聒噪，独自静卧在这里，享受清幽和安宁。和华山路、武康路一样，街边窄窄的巷子，曲径通幽，泛着青苔淡淡的香。租界时期留下的洋楼，风格迥异，妖娆、妩媚、娇俏，用自己的静怡展现着只属于自己的风姿。湖南路上，最引人注目的莫过于位于湖南路武康路路口的湖南别墅。这个气派的大宅门，终年紧闭，半个多世纪以来很少有人进出。无论从哪个角度，都无法全窥它的风貌，只知道是一幢掩藏在浓密的绿荫中的西班牙式的花园洋房。1934 年春，汪伪反动政权的财政部部长周佛海买下这座花园。门前的居尔典路也随着周的到来而改名为湖南路(周系湖南人)。新中国成立后房子被国家没收，现在这里是兴国宾馆的分部，外墙上烫着“湖南别墅”四个大字。悠悠岁月，世事变迁，几经易主，内蕴依然。就在湖南别墅的对面，湖南路武康路交叉口的开普敦公寓，则是当年英国公和洋行设立在上海的建筑设计事务所。简练动感的造型、清秀流畅的线条，为昔日的上海建筑注入了全新的血液。走着走着，上海交响乐团就在眼前，我仿佛听见有袅袅的管弦乐声传来。漫步湖南路，我有一种错觉，仿佛真的置身于湖南的灵山秀水之间，那种灵气，那种清幽，俯拾即是。一条不算狭窄的路，斜斜地延伸着，没有丝毫张扬的意味。马路两旁的老别墅在梧桐的绿荫里露出一角，不显山不露水，独自吟唱着属于老上海的风情。

暮色渐晚，走在华山路、安福路、复兴西路、湖南路、泰安路这五条永不拓宽、弧线相连的马路上，老上海的曲调在此低吟，小资的情怀在此蔓延，怀旧的气息在此激越，我不由得想起一句歌词："当花瓣离开花朵，暗香残留……"

海派城隍庙

印象中已经不记得去过城隍庙多少回了，从小时候坐在父亲的肩头逛元宵灯会到工作后因为工作需要带老外游豫园，城隍庙无疑是上海旅游景点中去得最多的地方。

新年伊始，闺蜜又拉我来到城隍庙，说是这里的月老最灵验了。一大早，我们就来到位于上海老街——方浜中路上的城隍庙。这里门虽不大，但香客众多。门楣上由原中国佛教协会会长赵朴初老先生题写的“城隍庙”几个金色的大字，巍巍壮观。进入庙内的第二道门——仪门，上面有两副对联。一副是：阳世之间积善作恶皆由你，阴曹地府古往今来放过谁。另一副是：世事何须多计较，神界自有大乘除。告诫人们：做人要淡泊名利，不要自私自利，不要斤斤计较；任何人只有循天道而行才有善终，逆天道而行必然自取灭亡。跨过仪门，面朝大殿，左右两边是四个相对较小的殿，分别是右手边的月老殿、财神殿和左手边的三官殿和慈航殿。月老是中国民间传说中主管婚姻的红喜神，在冥冥之中以红绳系男女之足，以定姻缘，是天庭的一位上仙，也是媒神。财神殿，门前柱子楹联是“兴家立业财源主，治国安邦福椽神”，殿里中间供奉着武财神赵公明，一脸黑浓须，一手执银鞭，一手持元宝，全副戎装。右边是纳珍天尊曹宝，左边是招宝天尊萧升，两侧是招财使者陈九公和利市仙官姚少司，专司迎祥纳福、商贾买卖。慈航殿内供奉的是慈航真人，又称慈航仙姑真人，也称慈航大士，本是道教女真神仙，主平安。三官殿供奉的则是天官、地官和水官三位天神，他们是道教中最早敬奉的神灵。大殿正门上悬“城隍庙”匾额，并配以对联“做个好人心正身安魂梦稳，行些善事天知地鉴鬼神钦”。大殿内供奉金山神主汉代博陆侯霍光大将军坐像。穿过正殿，是文昌殿和关公殿，立在城隍庙内最后一进殿——城隍殿的两旁。城隍殿两侧悬有赞扬城隍神公正无私的对联：“祸福分明此地难通线索，善恶立判须知天道无私”，上悬匾额“威灵显赫”。城隍殿中央供奉上海县城隍神——秦裕伯的红脸木雕像。只见他正襟危坐，仿照明代县衙公堂陈设，仪仗森严。[①]我和闺蜜每进入一个殿都庄严叩拜，因为这里供奉的都是中国本土的神仙及父母官。

与城隍庙的道教文化不同，隔着几条街的沉香阁则是上海著名的佛教道场。初创于明万历二十八年(1600 年)，沉香阁又称慈云禅寺，在明清史上不仅是百姓祈求风调雨顺、消灾纳福的地方，也是上海官员为皇帝、太后登基、生日祝福朝拜的地方，因此香火兴旺。走进沉香阁，但见飞檐斗拱，气宇轩昂又庄重典雅。第一进是牌楼，有四柱三门重檐翘角，上有著名书法家沙孟海先生题写的匾额“沉香阁”悬挂在檐下正中。第二进是天王殿，面南而塑的是弥勒菩萨，其背后是韦驮菩萨。第三进是大雄宝殿，整个大雄宝殿顶上有 348 尊贴金小佛像围绕卢舍那佛。过大雄宝殿，从庭院向上看，正中四根立柱架起一重飞檐，檐上一个悬空亭阁，东南西三面全部落地长窗，这就是沉香阁的“阁”。赵朴初会长为之题额为“南海飞渡沉香大士宝阁”。循着两侧的楼梯而上，立即可闻到芳香馥郁，到此方是真正的沉香阁。登楼叩拜，只见观音像呈坐势，屈右足，右手垂于膝上，左手支撑，头微侧，作凝思之状，姿态优美，神态自然逼

① 参考百度百科。

真。观音像由整块沉香木雕就，精工细作，线条流畅，造型别致，文物和艺术价值都极高。[1]

拜完了城隍老爷和观音菩萨已近中午时分，我们的肚子也有点咕咕叫了，于是我们开始在城隍庙这个美食的天堂寻觅安抚味蕾的食粮。在美食广场上，不下百种的小吃看得我们眼花缭乱，不知如何选择。上海街头传统的葱油饼、油墩子金黄灿灿、散发着葱油的香味，江南一带传统的油炸臭豆腐块、鲜肉笋丁烧卖、生煎、汤团冒着呼呼热气，台式的烤香肠油光发亮、发出滋滋的诱人声响，北方夜市常见的韭菜脆饼、果子煎饼圆挺飘香，网红的烧烤鱿鱼串排列得错落有致，榴莲印度飞饼和土耳其巴滋喇嘛大饼散发着特有的味道，还有黄金麻薯、鲜肉月饼、豆沙青团、桂花条头糕等等，不一而足。此外，肯德基、麦当劳、必胜客、汉堡王等洋快餐也都在此立下山头，安营扎寨，招揽食客。

想吃正餐的我们还是决定去城隍庙最负盛名的酒家——绿波廊看一看。一进门，墙上几十位外国元首级贵宾在绿波廊用餐的照片就吸引了我们的目光，其中包括美国总统克林顿、英国女王伊丽沙白、日本首相竹下登、冰岛总理、西哈努克亲

---

① 参考百度百科。

王、澳大利亚总理等四十余批外国元首。我们不禁暗生惊叹，想来这里的菜式一定价格不菲。然而，打开菜单却发现也不尽然。这里既有亲民的本帮菜，四喜烤麸、酱黄瓜、油爆虾、清炒虾仁、红烧回鱼、油焖笋等，价格均在一百以内；同时，也有创意与价格均让普通老百姓望尘莫及的融合菜，生焗香茅草东星斑、蟹粉煨鱼翅、炒虾蟹佐意大利珍珠醋、豚肉蒸红膏蟹，真是丰俭由人，多寡随意。

最终，我们还是决定去城隍庙最著名的小吃——南翔小笼店一饱口福。九曲桥畔的南翔馒头店创建于 1900 年，是家名副其实的百年老店。民间流传着“没吃过城隍庙的南翔小笼，就等于没到过上海”的说法。果然，从绿波廊出来没走几步就看到南翔馒头店长长的队伍逶迤到九曲桥桥头。隔着窗玻璃，师傅们将拌好的肉馅麻利地放入擀好的圆形面皮里，在指尖上一滚，打上褶子，一个个形似宝塔的小笼包就诞生了，无愧于“指尖捏就的艺术”的称号。等到蒸笼上桌，草垫上的小笼包一个个呈半透明状，玲珑剔透、色泽如玉。蘸上醋，先小咬一口，咬出个小洞，接着吸吮，把汤汁美美地吸咂出来了，再嚼包子的皮和馅儿。果然，鲜甜可口，满口生津，美味无比。我们咂吧咂吧，一连吃了好几笼，只觉齿颊留香，仍意犹未尽。

填饱肚子，我们决定四处逛逛，既有助于消化，又可以品味一下城隍庙除宗教和美食以外的魅力。不远处，捏面人、剪纸、篆刻、刺绣、糖画的摊位一字儿排开，我们不由得停下了脚步。一团面，在手工艺人的掌中一揉，一搓，轮廓就出来了，用小竹刀灵巧地点、切、刻、划，塑成身、手、头、面，再用拨子开脸，挑刀压出鼻眼、切出线条，一个人物头像不到一分钟就好了，再披上发饰和衣裳，顷刻之间，栩栩如生的艺术形象便脱手而成。婀娜多姿、衣裙飘逸的美女，天真浪漫、活泼可爱的儿童，以及《西游记》和《三国演义》中的人物，个个活灵活现。在剪纸摊位前，只见手工艺人欻欻几刀，一张张寓意吉祥如意、喜气洋洋的“普天同庆”“国泰民安”“连年有余”“金玉满堂”“喜鹊登梅”“福、禄、寿、喜、财”带着浓郁中国特色的剪纸就跃然而生了，我们不得不赞叹艺人娴熟精湛的技艺。一转身，身旁一位金发碧眼的小女孩正津津有味地品尝着糖画浇铸的“小猪佩奇”。我们又饶有兴致地驻足观赏。只见艺人用小汤勺舀起溶化了的糖汁，在石板上飞快地来回浇铸，十二生肖说来就来，张飞、赵云、花鸟鱼虫、飞禽走兽，随着缕缕糖丝的飘洒，一个个形象惟妙惟肖地呈现在我们面前，再趁热粘上一根竹签，便大功告成了。孩子们举着腾云驾雾的飞龙或展翅欲飞的彩凤，对着阳光凝望，一时还舍不得吃，只轻轻用舌尖舔一下，看得人眼馋口也馋。为了不空手而归，我还特意让篆刻艺人刻了一枚我的印章，作为这城隍庙一日游的纪念。据说，每年元宵节，城隍庙还会有扎兔子灯、皮影戏等传统民俗、手工艺的表演。

离开城隍庙前，想着也给家人带点什么，于是我们又钻进了上海土特产商店。没有令我们失望，这里的梨膏糖和五香豆勾起了我们对儿时的满满回忆。记忆中的梨膏糖是纯白砂糖与杏仁、川贝、半夏、茯苓等药材碾粉熬制而成的，口感甜如蜜、松而酥，不腻不粘，芳香适口，是食疗俱佳、老少咸宜的休闲食品。现如今，在传统工艺的基础上，梨膏糖又发展出了枣泥、椰蓉、姜汁、玫瑰、桂圆、芝麻、薄荷、人参等 20 多种口味，不仅深受具有“老底子”情结的老上海人的青睐，也受到 90 后、00 后等年轻人的喜爱。而上海土特产的名片——奶油五香豆则延续了初创时的味道。与绍兴茴香豆以咸香为主的味道不同，上海的五香豆添加了茴香、陈皮、桂皮、食糖、香精等配料烧制而成，使口感软中带硬，皮薄肉松，咸中带甜，未尝味已闻到一股清淡的奶油香味，这是经久不衰的上海人喜欢的味道。

带着愉悦的精神和饱腹感满满的胃我们踏上了回程。走出北门，福佑路上的小商品市场一个挨着一个，福佑门商厦、福源商厦内人头攒动，日用百货、玩具、文具礼品、各色饰品琳琅满目，应有尽有，马路上不时传来操着各地口音的吆喝声。

在城隍庙这方土地上，道教与佛教并立，本帮美味与舶来珍馐兼收并蓄；传统的手艺可以传承，创新的元素也有一方天地。本土文化玩转得开，外来文明也容得了身，就像双拼汤团，甜的芝麻味与鲜的蟹黄肉味，味道不同，却相得益彰。旧有的东西保存得下来，新鲜的玩意儿也接纳得了；接地气的民俗可粉墨登场，阳春白雪的国宾礼仪也能登堂入室；出手阔绰、着装体面的达官贵人、海内外宾客能在这里尽兴畅玩，在异乡漂泊讨生活的小商小贩也能在这里找到立足之地。城隍庙就是这样一个神奇的所在！

在湖心亭，品一盏香茗，听一曲评弹，吴侬软语，余音绕梁。凭窗临风，看九曲桥上人流如织，九曲桥下锦鲤悠游自得。城隍庙确是上海海派文化的一个印记，也是上海人心底的那一抹乡愁。

印象徐家汇

小时候，徐家汇之于我是美食的所在。记忆中，那里有一个叫作“大千美食林”的地方，供应各地的美食，包括一些西式点心。印象最深的是，炎炎夏日，父亲牵着我穿过梧桐掩映的长长的华山路，去到尽头的“大千美食林”吃一碗甜甜的刨冰。彼时的我家境并不宽裕，奶奶没有退休金，父亲做教师的微薄收入既要供我上学，又要赡养奶奶，所以炎炎夏日里的这一碗刨冰对于我是小小的奢侈。印象中，父亲总是满眼温情地看我吃完，然后将已化为水的碗底的冰渣喝干净，再拿出手绢将我的沾了绿豆泥的小嘴擦干净。这就是我对徐家汇的最初印象，不高大上但却温馨。

长大后，徐家汇的高楼一座接一座地立起来，从最初的东方商厦、太平洋百货、第六百货到后来的美罗城、汇金百货、港汇广场，徐家汇俨然成了一个商业的中心。而随着我家搬离华山路，徐家汇也离我的生活越来越远了，直到我中考失误，进了区重点中学——复旦中学。在那里我第一次知道了复旦公学（也就是今天复旦中学和复旦大学的前身）以及它的创始人——马相伯。1900年，已是花甲之年的马相伯目睹中国六十年风雨飘摇，面对八国联军瓜分中国的惨痛，他毅然决然做出了一个决定，捐出自己的全部家产，作为创办“中西大学堂”的基金。1903年“震旦学院”在今天的徐家汇天文台成立，马相伯渴望这所初生的大学能够摆脱中国传统相沿承袭的“禁锢之学”，真正把学问当成“世界所最尊贵者”。他的办学宗旨是“崇尚科学，注重文艺，不谈教理”，提倡思想自由、学术独立、倡导启发式教育。后来他坚持的“独立办学、师生自治”的主张与法国耶稣会发生了激烈冲突，遂率学生集体退学，另立复旦公学。“旦复旦兮，日月光华”，寄托了马相伯“复兴中华”的夙愿。他的一生都在为中华崛起和民族振兴而奔走呼号，在那个风雨飘摇、政权瞬变的世纪里，他以对国家和人民永恒不移的至爱情感，将西方大学的治学精神一点一滴融入脚下这片神奇的土地中。他是继徐光启之后又一位将“西学东渐”的理念付诸行动并落地生根的老人，今天的复旦中学和复旦大学内都矗立着以他名字命名的“相辉堂”以纪念这位中国首屈一指的爱国主义和民主主义教育家。这位世纪老人在其漫长的一百年的人生中有六十年的时光是在徐家汇度过，他为这块土地留下了灿若星河的精神财富。

说起徐家汇的历史，就不得不提到徐光启。据现在徐家汇旅游集散中心的介绍：徐家汇原为蒲汇塘、肇家浜和李纵泾三水汇合处，明朝科学家徐光启曾在此建农庄别业，从事农业实验和著书立说。嗣后，徐氏家族汇居于此，清康熙年间得名徐家汇。称徐光启为科学家，我实在觉得不够准确，可能是因为他参与翻译了那本皇皇巨著——《几何原本》，并在古稀之年亲临指导和亲自观测日月天象，带领部下编纂了《崇祯历书》这部奠定中国近300年天文立法的浩繁卷帙。然而据史料，他是一位金山卫秀才，后考上进士，成了翰林院庶吉士。《几何原本》刊行20年后，他还做到了礼部侍郎，不久又成了礼部尚书，相当于今天的文化部长兼外交部长兼教育部长。因此，余秋雨先生说徐光启是“开通、好学、随和、机灵，传统文化也学得会，社会现实也周旋得开，却把心灵的门户向着世界文明洞开”。在今天徐汇公园内的徐光启墓地，我看到了他墓前教会立的拉丁文碑铭。而他的安葬地徐家汇后来成了传播西方宗教和科学文明的重镇。“如果要把上海文明分个等级，最高一个等级也可名之为徐家汇文明”。（余秋雨语）

坐落于徐家汇腹地的徐家汇天主教堂无疑是这一带的地标，也是徐家汇作为传播西方宗教的一个重要标志，由英国建筑师道达尔设计，曾是远东第一大教堂。外部结构采用清一色红砖，花岗石镶边，屋顶铺设石墨瓦，饰以许多圣子、天主的石雕，纯洁而安详。教堂为哥特式建筑，主楼为石柱型砖木结构，建筑平面呈十字形。两座钟楼南北对峙，钟楼上的十字架直插云霄，大堂内规模宏大，装饰华丽，可容纳 3000 人同时参与宗教活动，被称为上海的“梵蒂冈”。它于宣统二年就是公元 1910 年建造完成，早于佘山的天主教堂、衡山路上的国际礼拜堂以及后来重建的沐恩堂。位于教堂旁边的天文台，即今天的上海气象局，曾是中国沿海第一座观象台，曾于 1926 年、1933 年两次参加国际经度联测，连同巴黎、旧金山成为世界三大测量基准点，其国际地位和国际影响力可见一斑。①

位于天主教堂不远处的徐家汇藏书楼可以说是徐家汇作为中西方文明交融荟萃的一个标志与缩影。藏书楼的建筑风

---

① 参考百度百科。

格即体现了中西合璧，南北立面设有多个欧式壁柱尖券洋松百叶窗框，两层的设计理念和风格融合了中西文化内涵。上层为西文书库，布局和藏书架为梵蒂冈图书馆式样，存放自十五世纪以来出版的5万余册各类西文文献，尤以“汉学”和“神学”著作最为珍贵。其下层原为中文书库，仿照明代宁波天一阁风格，格局暗合“天一生水，地六成之”，藏书按照经、史、子、集、丛分列五部，原藏中文古籍有12万余册。作为上海现存最早的近代图书馆，徐家汇藏书楼见证了我国西学东渐和东学西传的历史。当年，传教士在上海创办的第一份中文报刊是1857年问世的《六合丛谈》，而社会影响最大的是《万国公报》。而随着1850年第一份英文报纸《北华捷报》的诞生，外文报刊如雨后春笋般出现，语种涵盖英、德、法、俄、日等。随着文化交流的加深，中国人在认识、了解西方文明的过程中，也逐渐表现出了主动性和积极性，主动传播推广来自西方世界的知识和文化。语言学领域最先出现这股潮流，1868年邝其照出版了第一部由中国人自主编纂的英汉词典《字典集成》。如今，已有近170年历史的徐家汇藏书楼在繁华的商业都市中独树一帜，它既是中西文化碰撞和交融的产物，更是弥足珍贵的中西文化遗产。[①]

从藏书楼往南，我又来到了位于蒲汇塘路上的土山湾博物馆。如果说徐家汇的藏书楼和天文台代表的是精英的文化，是重要的学术和科学的研究，土山湾则是一种更接地气的实用的工艺美术传习所。进门，我就被这里的镇馆之宝——中国牌楼震撼了。这座牌楼由全柚木精雕细刻而成，气势恢宏，细节处做工考究、精美绝伦。它把中国木雕工艺跟西方透视学的原理相融合，以中国牌楼这一古代建筑为载体体现了精湛的中西雕刻艺术的结合。土山湾作为一个孤儿院，在1864年至1960年间收养了许多中国的孤儿，同时在徐家汇这里传播新的文化知识和理念，它同时拥有画馆、工艺场、木雕馆、印刷馆，培养出了一大批工艺美术大师，包括任伯年、周湘、徐咏春、徐宝庆、张充仁等，影响了后世几代中国工艺美术的发展。在这里，我看到了许多中西合璧的艺术珍品，铜鎏金的十字架和烛台，用毛笔画的有着东方人脸型和轮廓的圣母像坐在传统的红木椅子上，镶嵌着描绘“岳云锤震金蝉子”“薛仁贵征东”等传统中国故事的彩色玻璃的中式花梨木雕大橱，还有运用传统中国雕刻技法所雕成的黄杨木的《最后的晚餐》，诸如此类，不胜

---

① 参考徐家汇藏书楼介绍。

枚举。

土山湾就像一朵莲花，沾染着泥土的芳香，盛开在国际的舞台上。它根植于肥沃的泥塘，这沃土就是“生于斯、长于斯”的中国文化的积淀与传承，同时它又有新鲜养分的滋润，这鲜美的养料就是当时先进的西方文化，或者说是以新兴资本主义所带动的先进生产力的灌溉。于是，在阳光雨露泥土的丰沛充盈下，土山湾开出了绚烂的花，结出了丰硕的果，成为了徐家汇一个特殊的文化传奇。这种东西文化交汇融合的产物不仅为中国人所接受，也为西方人所称道。土山湾出品的木雕、绘画、编织、五金等作品在法国巴黎(1900)、美国圣路易斯(1904)、比利时列日(1905)、美国旧金山(1915)、芝加哥(1933)、纽约(1939)等世博会上都获得了多项荣誉，赢得了广泛赞誉和啧啧惊叹。土山湾开风气之先，承担了中西文化交流的重任。在这里，中国文化和西方文化放在一起，相互尊重，相互学习，它不仅契合了徐家汇的精神，也契合了上海这座城市的精神——海纳百川，中西合璧。

走出土山湾博物馆，徐家汇车水马龙，人流如织，不时有操着不熟练中文的老外与我擦身，也有协和双语等国际学校的校车在我面前经过，这不正是现代上海城市形象的缩影吗？我不由得想起来前不久参观的上海进口博览会，这是继 2010 年上海世博会后在上海举办的又一世界性的博览盛会。进博会上不仅输出了中国产品和中国文化，也为世界各国的经济文化交流搭建了更为广阔的平台。今天的上海乃至于今天的中国正以前所未有的开放、兼容并蓄的姿态参与世界的经济、科技、文化的发展，“一带一路”的畅想与实践必将引领中国这艘航母乘风破浪、激流勇进、傲然屹立于世界民族之林。

苏州

拙政园“小飞虹”

晓来谁染霜林醉(苏州园林)

苏州报恩寺塔(俗称北寺塔)

室虚待婵娟(耦园)

姑苏断想

最近去了趟苏州，古朴宁静的小城、精巧秀美的园林让我生发出了浮想片片，于是在上海这座动感之都的僻静一角、在黎明到来前的难得的寂静中将它幻化成文字点点……

东吴饭店 VS 希尔顿饭店

东吴饭店坐落在据说是相对热闹的十全街，街上布满了店铺和酒吧，到了夜里酒吧间传出的琴声与临街店铺里折射的灯光将焕发出整条街的生机与情趣。坐在出租车上，十全街两旁的景致从窗外飞快地掠过，酒吧的琴声是低回的，店铺的面积是不够宽敞的，街上的灯光也是隐隐绰绰的，只在路旁的树荫里象征性地漏出一点儿。翻过了吴衙桥，车停在了东吴饭店的门口。其实根本无所谓正式的门，只是两座建筑物之间自然留出的一道缝隙，在一边建筑物的墙上有块类似于通常的“文明单位”大小的铜牌，上面书着“东吴饭店”几个字。门口没有limousine（豪华轿车）的停车牌，也没有身着制服、戴雪白手套的俊美boy（礼宾门童）来为我开车门、提行李，简单但却随意。东吴饭店原来是有好几幢房子构成的，高大的主楼后面还有几幢公寓楼。沿着一条狭长蜿蜒的小路走去，几幢副楼赫然立在眼前。再穿过一道六角门，苏州园林的一角已经移花接木在了这座现代的饭店里。中国私家园林建筑讲究的因地制宜、曲径通幽、移步换景竟然在今天姑苏城里的饭店的建造上也得到了体现。我住的公寓房是一套单居室的房间，室内的装修是绝对的居家型，简单加整洁，给人舒畅惬意的感觉。厨房、卫生一应俱全，微波炉、烤箱、淋浴应有尽有，一切都是自助，因而一切都是自由。晚上，靠在阳台的一隅，任月光倾泻在身上，任秋风拂过发梢。秋风中带了一丝凉意，也拂动了庭院的暗香。看不到变幻炫目的霓虹，听不到汽车喇叭的鸣笛，一切都在静中，一切都像是睡去了……

静安希尔顿饭店是我在上海住过的唯一一家饭店，所以很长一段时间以来饭店对于我来说就是希尔顿。静安希尔顿建于 1980 年代，是上海最早的一批五星级宾馆之一，位于曾经闹市的静安寺，离小时候居住的华山路很近。记得小时候纳凉的晚上走过小孩子看来是耸入云端的希尔顿，望着高高楼上窗帘后面透出的微光，我总是想那最高的一间房间里住的应该就是豌豆公主了吧，可是不知道希尔顿的床是否足够柔软、是否还会让娇嫩的豌豆公主感到疼痛？当我在希尔顿豪华套间的床上睡了 14 个晚上以后我知道了希尔顿的床其实并不比家里的来得更舒服，而想象中的奢华也只不过是一堆数字的简单堆砌。住在高高的 37 层豪华套间里，凭窗临风，只听得呼呼的风声和延安路高架上汽车呼啸着划过路面的摩擦声。晚上，若不拉上窗帘，对面静安绿地上的巨幅霓虹广告牌会闪得你一晚睡不着觉。每天早上，阿姨在走道上吸尘的声音会把你从梦中唤醒，把你想来个自然醒的好梦化为泡影。希尔顿的大堂并没有想象中的富丽堂皇，只是有点缀在周围的名贵钟表服饰店炫耀着它作为五星级酒店的身价，只是会有金发碧眼的大堂经理毕恭毕敬地向你问好；希尔顿的总统套房也并不金碧辉煌，只是有一间狭小得只能站一个人的厨房显示着它在所有套房中的独特地位，只是会有每晚 1000 美金的房价标志着它作为总统套房的尊贵；希尔顿餐厅的东西也不好吃，只是有苦涩得让人难以下咽的咖啡暗示着它作为世界级宾馆的纯正，只是会有50多元一碗的咸菜肉丝面标识着它所烹饪的本帮菜肴的与众不同。这就是接待过新西兰总理与加拿大总督的希尔顿，接待过包括阿加西和休伊特在内的世界网坛最顶尖的8位高手的希尔顿，这就是让无数普通老百姓渴望而不可及的希尔顿，这就是矗立在大都市上海的以全球连锁宾馆闻名于世的希尔顿……

苏州园林 VS 嘉年华

苏州的园林是这座城市的标志，也是中国私家园林的典范。魏晋时期的士大夫为了躲避现实世界的不堪，隐逸于江湖，寄情于山水，在自己的住所周围经营起这具有自然山水之美的小环境，将自己与纷繁的外部世界隔绝开来，开了中国私家园林的风气之先。诗人白居易曾这样敝帚自珍、满怀爱怜地描绘自家的宅园："沧浪峡水子陵滩，路远江深欲去难，何如家池通小院，卧房阶下插鱼竿。"当年苏州园林的这些主人们就是在游历了官场大半生后在河网密布、气候宜人的江南水乡置下一方田宅，修葺一个属于自己的小天地。曲折蜿蜒的池岸，苍劲挺拔的古木，变幻多样的花窗，玲珑剔透的石雕，加上临水的亭台与回旋幽深的廊子，营造出了一方清淡雅致的乐土，一个隔绝尘嚣的世外桃源。宦海沉浮了大半辈子后在其间吟诗作画、对酒当歌、听风赏月，在自家的池水旁邀上三五知己玩着“曲水流觞”的传统娱乐游戏，继续着自王羲之以来的风雅之举，享受着参透世事后的超然洒脱，怡然自得。但是，文人一贯的孤傲是渗入骨髓终生坚守的，于是在园子的池塘里种上莲荷，以“出淤泥而不染，濯清莲而不妖”自比，又会在自家的后院里种上竹子，以“曾将秋竹竿，比君孤自直”自赏。而这些官宦人家的小姐们则会在绣房里认真地做着属于自己的功课，期盼着有朝一日自己熬红双眼、费尽心思绣出的作品会在亲戚朋友的流传鉴赏间为自己赢来一段美满的姻缘；或是在女伴的帮助下将园子里的秋千荡过园墙的高度，在瞥一眼外面的世界的同时期盼着目光能和一个风流倜傥的年轻书生灼热相对，进而将自己的终身托付……

嘉年华则是今年夏天上海的时尚风暴，是上海跻身世界级大都市的标志之一。Carnival 由一个和神圣的宗教节日相联系的歌舞狂欢活动演变为今天的风靡全球的年轻人的盛会，宗教的内质早已荡然无存，剩下的只是狂欢本身。三五成群的年轻人在刻板单调的办公室里坐了一天后来到这里，让飞速而下的海盗船激起的巨浪将一天的疲惫洗去,让思绪随着不规则翻滚的溜溜球一起翻腾,让城市的各种建筑在极速大风车翻转的瞬间被扭曲、被颠覆。一眼望不到尽头的蜿蜒的长龙展现的是现代年轻人的疯狂与热情,奔腾激越的音乐奏响的是现代都市的动感节拍,歇斯底里的尖叫释放的是久被压抑的情感,迷幻闪烁的灯光折射的是现代都市人情感的飘忽与终极信仰的迷失。当年的士大夫在厌倦了官场的曲意逢迎、透彻了为官的如履薄冰后选择了隐遁清闲的疗伤方式,今天的小白领们在初尝了工作的烦恼与生活的压力后倾心于宣泄疯癫的释放渠道。当年待字闺中的千金小姐为了邂逅一个梦中的白马王子拼尽全力将秋千荡向高空,今天沉浸在爱河中的青春少女在过山车里拼命抓紧爱人的手体验生死与共的刺激与甜蜜;“执子之手,与子偕老”的古老誓言在夏日的夜幕下、在城市的上空中、在2003年的上海这座国际大都市里得到了重新的演绎与诠释……

写到这里不觉天已微亮,楼道里传来了送牛奶的声音,喧闹的一天又开始了……

信仰的位移

一、变味的古塔

报恩寺塔位于苏州的闹市，坐在逼近苏州城的火车上就能远远望见它。报恩寺塔属典型的阁楼式寺塔，高 76 米，上下共九层。塔身呈八角型，由砖筑成，外面用木头建成屋檐和栏杆；屋檐挑出深远，屋角高高翘起，角下挂了铜铎，玲珑精巧；栏杆设有透空花格，细致秀美；栏杆及屋檐下都用斗拱挑托，重檐复宇，翼角翚飞。外观看去，朴素中透着精致，简单中蕴藏繁缛。循梯而上，沿外廊俯瞰，整座苏州古城尽收眼底。

报恩寺塔素有江南第一塔之美誉。据史志记载建于三国赤乌年间，乃孙权为乳母陈氏所建。孙权的乳母是位什么样的人物我们无从知晓，想来该是位仁慈宽厚的母亲，以致有孙权这样一位贤子孝孙在其百年后特建寺塔祭奠，这不由得让人想到艾青的那首《大堰河我的保姆》。但和艾青比起来，总觉孙权的感念情分似乎不那么单纯，除了饮水思源、感恩戴德之外似乎总还有自我标榜的因素、有让天下人效仿的意味在里头。

更让人匪夷所思的是竟用了古塔这种形式。塔本是佛教的专门建筑。佛教的创始人释迦牟尼得道成佛，于80岁高龄在传道的路上得重病圆寂。他的弟子将佛的遗体火化，烧出了许多晶莹带光泽的硬珠子，称为舍利。众弟子将其拿到各地去安奉。他们把舍利埋入地下，在上面堆起一座圆形土堆，被称为“浮图”，译成中文为“塔婆”，后简称为塔。因此，可以说塔实际上是用来埋葬佛骨舍利的纪念物，后被用以摆放佛经，作为佛的象征。然而，眼前的这座佛塔既没有舍利也没有佛经，佛塔原有的供信徒们顶礼膜拜的功用荡然无存。满含虔诚的寺塔被用作了私人的祭祀，托付灵魂的建筑被用以孝道的彰显，一切就都改变了……宗教的信仰变成了实在的规范，圣洁的膜拜变成了功利的投射，玄想的寄托变成了标榜的工具；宗教因此由天界回到了俗世，由玄妙蜕变为真切，由空灵物化为实体。一切也就都变味了！

二、喧闹的道观

玄妙观坐落在观前街上，据称是苏州最热闹的所在。走进观前街，正中是一座牌坊，牌坊的左边是一家颇具规模的肯德鸡店，炸鸡翅的香味扑鼻而来，诱得人挪不开脚步；右边是一家皮包店，刺耳的喇叭里传出“走进来瞧一瞧，看一看，所有皮包一律40元，绝对货真价实，走过路过不要错过”的叫卖声。往里走，店铺渐渐密集起来，档次在不断攀升，规模也在不断变大，上海的豫园商城竟也在其间占据了显要的一席之地。

走不多远就来到了玄妙观。土黄的围墙让人自然想起道教的传统颜色，比之于佛教寺院的颜色要略显灰暗。穿过围墙，就到了玄妙观里头。一个盛大的集市展现在我眼前：售珍珠奶茶的店面与卖苏绣的紧紧挨着，拍大头照的摊位与卖老花镜的铺子齐头并进；一串串色泽鲜艳的冰糖葫芦惹得人垂涎，一根根圆鼓鼓的台湾香肠散发着诱人的香味，一个个稚态可鞠的泥塑引来了孩子们的围观；老太太们打着太极，精神矍铄，年轻人玩着网球，朝气勃发；热闹的气氛比围墙外更甚。文昌殿前人迹寥寥，财神殿前则是人头攒动，烟雾缭绕，磕头进香者趋之若鹜。

我静静地站在一边，看介绍上镌刻的老子及道家的思想精华。我不信教,但我读过老子的《道德经》,分明记得有这么几句:“致虚极,守静笃,万物并作,吾以观其复。夫物芸芸,各复归其根。归根曰静,静曰复命。”其大意是:达到心灵虚无的极点,保持清净最高度,万物竞相生根,我就此观察它们的循环往复。那万物的复杂众多,各自都要恢复到它们的本原。挥发到本原叫做静,静叫做回复到天赋的本然。还有这么几句:“将欲取天下而为之,吾见其不得已。天下神器,不可为也,不可执也。为者败之,执者失之。”意思是:要想治理天下而有所施失,我看他无可奈何。天下这个神妙的器物,不能有所施为啊,不能抓住不放啊。有所施为的会弄坏它,抓住不放的会丢失它。“虚静无为”是老子思想的精髓,也是道教所信奉的处世哲学。然而,眼前围墙内外的这份嘈杂却怎么也不能让我将这道观与“虚静”联系起来,财神殿前逶迤的长龙怎么也不能使我相信进香者是懂得道教“无为”之精神要义。

如果说20世纪初尼采呓语“上帝死了”是宣告西方精神价值与宗教信仰的彻底崩塌,那么不论是变味的佛塔还是喧闹的道观似乎都预示着中国人从来就没有建立起属于自己的真正的宗教信仰,中国人的信仰一直在犹疑、在徘徊、在飘荡、在迷失……

耦园里的书房

耦园位于苏州城东，地处曲径幽深的小巷，三面萦河，一面临街，闹中取静，小巧雅致。光绪年间，安徽巡抚沈秉成携其青梅竹马的第三任太太三娘辞官隐居于此，过起了情深义笃、恬淡怡然的生活。“耦”在古代通“偶”，在此既指夫妻两人解甲归田、一起耕种，又寓意佳偶天成、双宿双飞。

耦园的建筑特点在于构思的精巧、布局的对称。园子以正宅为中轴线，隔成东、西两个花园。东花园居城弯一隅，以假山和池水为中心，是整个园子的精华所在。园内重楼复宇，错落巍峨；东西两条曲廊回环贯通，两两相望，故以“夫廊”和“妻廊”名之；园中央黄石假山叠嶂，自然逼真，雄伟峭拔；“爱吾亭”边荷叶田田，丛竹翠碧，景色清新。

这些建筑景观中留给我印象最深的是位于园门入口处的“枕波轩”，据称是女主人三娘读书赏景的地方。沈秉成的这位太太是当时苏州有名的才女，“枕波轩”东窗外墙上刻着的“枕波双隐”对联即出自这位才女之手：耦园住佳偶，城曲筑诗城。不知是否是出于成为才女的渴望，我对这个书房特别多看了几眼。轩北立着三扇窗，窗外置三盆各异的盆景。窗框被设计成画轴的样子，与窗外的盆景浑然一体为三幅风格迥异又随四季轮回不断变化的流动画，据说这也是三娘的慧心巧思，匠心独具。轩内的陈设相当简单，一张桌子，一张案几，四张椅子，除此而外无它。桌子想来是为女主人泼墨写意所备，案几是供女主人抚琴吟唱所用，椅子则是为其读书吟诗所安的。

与此相对照，男主人的书房可就讲究多了。书房被镂空花窗隔成内外两间，面积比“枕波轩”的两倍还大。外间的桌子上放着专程从京城运来的京砖，残留的墨渍还可依稀窥见主人书法的功力。围在桌子四周的椅子做工十分精细，看似用竹子镂成，实为木制。内室的正面墙上挂了一幅描绘“竹林七贤”的书画，画两边是宰相刘墉所赠的对联：闲中觉伴书为上，身外无求睡最安。另两边的墙上各有用天然大理石镶成的壁画，格调高雅，浑然天成。内室除了桌椅外还有一个睡榻，读书累了在上面小憩一休，也可算是人间至乐之一。

书房的旁边是女主人的会客厅，供女主人款待女宾所用，为各园中所独有。和男主人的会客厅比起来这里的简陋却是一览无余的。没有雕花的椽木，没有精美的景德镇瓷器，没有大理石的壁画，一张圆桌和几把椅子是这里的全部。椅子不是紫檀木的，上面没有任何的装饰花纹，扶手只有一般椅子的一半高，据说是为了使女宾坐上去显得优雅绰约。客厅的地上铺了厚厚的地板，因为这里是全园唯一一所照不到太阳的屋子，终年寒冷阴湿……这就是一代才女会客的地方啊！我禁不住感慨。抬眼是望不到天的屋檐，低头是踩不着土的地板；渴望是温暖和煦的阳光，悲戚是瑟瑟呜咽的寒风；朝思是墙外斑斓的春景，暮叹是女人无奈的伤怀。我们没有理由怀疑沈氏夫妇的互敬互爱，因为青梅竹马、比翼双飞的传唱中没有感情破裂的杂音；我们无须指责沈秉成的思想守旧、男尊女卑，因为特为女主人而设的书房与会客厅已经是独一无二，只此一家的了。

遗憾的是，会客厅里没有留下女主人的莺歌欢笑，“枕波轩”中也没有留下才女的手稿字画。弗吉尼亚·伍尔芙曾经说过“一间自己的屋子”是女人创作的开始。三娘有了这样的一间屋子却没有留下更多的文字，江南才女的声名唯有书房见证，一代才女的才情被历史掩埋。更让人感叹的是我们甚至连她的真实姓名都无从知晓，连她的祖籍为何处都无从探究。我们只知道她是安徽巡抚的太太，我们只知道她是沈秉成的第三位夫人，人称三娘。嫁鸡随鸡嫁狗随狗，在强大的封建礼教面前一切都是枉然；即使才情斐然你的地位仍是男人的附属，即使名为才女你的身份还是别人的妻子！千里之外，剑池桥头吴王夫差为西施所凿的那两个洞还可透出人的面容，虎丘山上富家子弟为纪念真娘所建的墓还诉说着往昔的忏悔。剑池水湍急而过，冲不走西施的美名；茉莉花茶清香袅袅，真娘的魂魄在其间复生。西施得以在世间留名因为她是举世无双的美女，真娘能够为文人祭奠因为她是宁死不屈的烈女。美女的名字可以在百姓中流传，在画卷上睥睨；烈女的名字可以在牌坊上隽刻，在书本上永恒；才女的名字却在历史的流变中被冷落、被尘封、被遗忘了……

杭州

杭州胡雪岩故居

杭州灵隐寺

杭州梅家坞茶园

胡雪岩故居与胡庆余堂

去杭州旅游而不去西湖的人估计不多，而没有去过胡雪岩故居的却大有人在。沿着蜿蜒逼仄的小巷往上，一道窄窄的门把我引入了胡雪岩的故居。

进门就是一个宽阔的轿厅，一副楹联赫然入目，“传家有道惟存厚，处世无奇但率真”，让人不禁叹服胡雪岩的为人处世和经商之道。轿厅里摆放了一顶全部由红木制成的轿子，外形既像一顶官帽，又像一座华盖，在当时需要由八个人抬，气派不凡。整个轿厅用银杏木建造而成，联想到银杏木生长极慢，约略估计这些柱子的树龄大概在几百年。别看胡宅大门狭小内敛，里面却别有洞天，“构造宏丽、雕镂纤巧，甲于近代”。

沿着回旋的明廊暗弄缓步往里走，粉墙上、峭壁间，嵌满了名家书法碑迹。正厅，是故居中轴线的主体建筑，是接待贵宾和举办婚丧大事的地方，因用紫檀雕刻了100个狮子装饰在屋檐厅柱子上，故称“百狮楼”。据说，当年狮子的眼睛是用黄金做成，不论日夜，皆光彩四射，华丽无比。

整个胡宅亭台楼阁、峭壁假山、小桥流水、朱扉紫牖、使人仿佛进入了一个大大的迷宫。百狮楼、锁春院、怡夏院、洗秋院、融冬院、延碧堂、载福堂、和乐堂、清雅堂，无处不奇；木雕、砖雕、石雕、彩画，无品不精；山水人物、飞禽走兽、花草静物，无物不雕；平雕、浮雕、圆雕、透雕，无法不用。[①] 幽幽的书香扑面而来，洗秋、锁春、延碧、听莺、雅致的堂名厅名，见证了园子主人高雅的情趣。

延碧堂的梁枋门窗家具全是用红木做成，称之为红木厅，手笔之大、用度之奢，令人惊叹。厅中悬挂的云石挂屏，图案如云卷雾涌，山影朦胧，形、质、色、纹都堪称稀世珍品。延碧堂西侧的石井，汉白玉雕刻的莲花基座和如意云纹，造型精美。与之遥相呼应的是载福堂，全部用上等的金丝楠木建造，故又称“楠木厅”。金丝楠木色泽金黄，历久弥新，越久越能焕发出金丝线般的光泽。楠木极耐潮湿，防腐烂，水不能侵，蚁不得蚀，

① 参考田文华《到胡雪岩家做客》。

夏天格外舒爽。因此，胡雪岩的卧室，都是用最名贵的金丝楠木建造，据说他睡觉的那张八宝床，比当时皇帝的龙榻还要珍贵。胡雪岩的房间里还有个稀罕物件——德国造的德律风，就是现在的电话。据说，在修复故居时，发现和乐堂楼上楼下每个房间，都经过柱子里的暗槽连接有铜管和金属线。此外，收集雨水的雨水管道和下水管也都是德国进口的。①

当时杭州城的最高点就是位于胡宅的荟景堂，也叫四照阁、御风楼。从荟景堂远望，可以看见钱塘江，近观，则可以将整个芝园尽收眼底。芝园是胡雪岩为纪念其父胡芝田而建的园子。园内怪石嶙峋，巧夺天工，其中的假山为国内现存最大的人工溶洞，山上的石刻全部来自郑板桥、唐伯虎、文征明等大师手笔。在水池西侧的拱桥上还有一座重檐八角亭，名为“晴雨亭”，苏轼名句：“水光潋滟晴方好，山色空蒙雨亦奇”，无论晴天还是雨天，这里的景色都空蒙而瑰丽。

我坐在芝园的回廊中欣赏着窗光水影，倾听着莺啼鸟语。遥想当年，胡雪岩从一个钱庄的学徒开始，结交权贵，纳粟助赈，为朝廷效犬马之劳；左宗棠出关西征，他筹措粮饷，借洋款，又立下汗马功劳；洋务运动伊始，他引进洋设备和技术，引领改

---

① 参考百度文库《胡雪岩故居》。

革风气之先。短短数年，他由不名一文的小学徒一跃而起，被左宗棠举荐“既有军功，又有善举”，被光绪帝“累封布政使衔，赐红顶戴，紫禁城骑马，赏穿黄马褂”，成为显赫一时的红顶商人。[①] 曾经叱咤风云，纵横捭阖，富甲一方而权倾朝野，翻手为云、覆手为雨。然而，从钟鸣鼎食到千金散尽，欢颜与悲鸣的易位只在朝夕间。红顶商人胡雪岩在他的红楼里做了一场梦，然后梦醒了，家散了。诚如，朱镕基总理题字云：“雪岩故居，见雕梁砖刻，重楼叠嶂，极江南园林之妙，尽吴越文化之巧，富埒王侯，财倾半壁。古云，富不过三代。以红顶商人之老谋深算，竟不过十载。骄奢淫靡、忘乎所以，有以致之，可不戒乎！”

走出胡雪岩故居，我骑上共享单车，来到了清河坊的胡庆余堂。俗话说的好，北有同仁堂，南有胡庆余堂。走进清河坊，就能闻到隐隐的草药香味。胡庆余堂作为一家药店，面积也并不大，但是建筑也是古色古香，飞檐翘角，既有商铺，也有花园，是国内保存最完好的晚清工商型古建筑群，系徽派建筑风格之典范。整个建筑形制宛如一只仙鹤，栖居于吴山脚下，寓示“长寿”。

走进辉煌的大厅，特立独行的经营格局保留至今：两边是

---

① 参考百度文库《胡雪岩故居》。

抓药的柜台，抓药的顾客在柜台前，开了方子可以坐下来等候配药。胡庆余堂比起一般的同仁堂药店，规模要大得多。后面的药柜，一个个抽屉，整齐归置，上面各种药材的名字，党参、当归、田七、鸡血藤、桑葚、卫矛、板蓝根、麦冬、甘草、白术、茯苓，一目了然。看着身怀绝技的老药工在那里切配、熬药，方寸之间手起刀落，秤起砣落间那精准而娴熟的手艺，无不令人啧啧叫绝。

胡庆余堂古朴中隐现着几分神秘，优雅里蕴藏有文化积淀。营业大厅门楣上至今还镌刻着“是乃仁术”四个大字，是创始人胡雪岩亲手所立的。这四个字出自《孟子·梁惠王上》：“医者，是乃仁术也。”它表达了胡庆余堂创办药业是为了济世、广济于人。大厅内高悬“真不二价”金字匾额，更反映了难能可贵的诚实守信和治病救人的仁义。尤能使庆余人鉴心明意的是至今仍挂在店堂内侧高 3m，宽 0.9m 的“戒欺”匾，系胡雪岩清光绪四年四月亲笔所写店训，它告诫属下：“凡百贸易均着不得欺字，药业关系性命，尤为万不可欺”。“戒欺”的理念，涵盖方方面面，反映在经营上，首推的是“真不二价”，即做生意讲诚信，老少无欺，贫富无欺，不能有丝毫掺假。胡庆余堂制药遵守祖训：“采办务真，修制务精”，留存下无数精心制药的佳话。当年胡雪岩为保证急救药“柴雪丹”质量特制的金铲银锅现在还完好地保存在店中，成为佐证及中医药行业的珍奇瑰宝。[①]“戒欺”是胡庆余堂以“江南药王”饮誉百年的立业之本。

说起胡庆余堂招牌的来历，老药工们给我讲了这样一个掌故。当年，胡雪岩决定在杭州开办药店。要开药店，首先得请一位懂行的账房先生，有一个从开办到经营，从经营到结算的全盘规划。胡雪岩经友人推荐，先后请过四位老先生，个个都称得上精明能干、算盘珠子拨得噼噼啪啪响，可全都不合胡雪岩的意。有一天来了个余姚人，自称姓余，愿应聘为账房。胡雪岩与他谈了之后，余先生冷冷地说：“你在三年内就想赚钱翻本，我办不到，还是另请高明。”胡雪岩从这几句话里，听出点味道来了，连忙挽留。但他还是故意说：“常言道：千做万做，蚀本生意不做。做买卖嘛，能不为了赚钱吗？”余先生正色地说：“急于赚钱和正当赚钱是两码事，急于赚钱的，见钱眼开，只知道拼命地捞；正当赚钱的，就要重视信誉，细水长流。你看，每家药店门口几乎都写有‘道地药材’四个字，这难道是容易办到的吗？”接着他滔滔不绝地讲出一番道理来：驴皮非囤三年就不能熬成上好的膏；女贞子要经过五蒸五晒；红花要隔年采聚

① 参考百度百科。

于西藏；茯苓不来自云南的洱海苍山不能算上品；麝香要当门子；鹿茸要血尖；等等。最后余先生说："药是治病救命的，所以贵到犀角、羚羊，贱到通草、马勃，都必须精选精挑，不能含糊马虎。不在质量上胜过他家，又怎么能打响牌子？再说开药店总得图个百年大计。归根结底一句话，你要请我做账房，就要准备先蚀三年本，才能慢慢盈利。不然，另请高贤。"胡雪岩听了这番话，觉得句句在理，心服口服，一个正直的生意人，就该有这种精神。他深深一揖道："今天我总算请到了一位目光远大、经营有方的好账房，余先生，今后一切全仗你啦。"于是，胡雪岩就取了个"胡庆余堂"的店名。由此可见，胡雪岩建立药店的初衷不为聚财，而为济世。①

走出胡庆余堂，我不禁在想，胡雪岩前半生富而有德、乐善好施，后半生则骄奢淫靡、忘乎所以。他 62 岁忧惧而亡，妻妾散尽，千金散尽。纵观其一生，纵然曾经游刃官场，操纵商场，征战洋场，周旋情场，但终究传奇又悲情，令人唏嘘。曾经的二品顶戴、黄马褂，风流云散。当繁华落尽，一切的名利也成为过眼云烟。太多的荣华终成流水落花，留下一座精品的园子供后人鉴赏和凭吊。华美的园子令人赞叹，园主人波澜起伏的人生

① 参考《胡庆余堂的传说》。

又令人嗟叹，而几公里外的老字号却熠熠生辉，屹立不倒，实在令人叹服。富贵荣华顷刻间便会转瞬即逝，而悬壶济世、惠泽天下的善行却被保存了下来，擦亮金字招牌的“仁术”更是如一股清流，口口相传，代代相传，流芳百世，昭示后人。这难道不能给我们以些许的启示吗?

梅家坞问茶

乾隆皇帝曾说："国不可一日无君，君不可一日无茶。"梁实秋在《雅舍怀旧》里也曾语："不喝茶还能成中国人？"来到杭州，岂能不去饮一饮那闻名天下的龙井茶？于是，我们打车来到梅家坞。

下车，只见四周青山环绕，茶山叠嶂，没错，这里就是生产出了"色绿、香郁、味醇、形美"的龙井茶的"十里梅家坞"了。这里，青山绵绵、溪涧潺潺、茶园连连，作为杭州著名的龙井茶生产基地，梅家坞村拥有"不雨山长涧，无云山自阴"的自然山水风光。抬眼望去，满眼是绿色，新绿、嫩绿、翠绿、碧绿，绿得人满目满眼的清澈，仿佛近视也浅了许多，能望见山谷里的秘境了。从五云山淙淙而下的梅坞溪经过清淤驳塝后至此已经靓丽洁净了许多,映衬着一幢幢白墙青砖乡村别墅美丽的景致。粉墙黛瓦的农家小院、秀丽精致的小桥流水、油绿油绿的茶园,好叫人赏心悦目,流连忘返。

倏忽间,下起了雨,不是疾风骤雨,也绝非绵绵细雨,而是霏霏的雨星子,打在我的脸颊上,落在我的肩头,山谷里顿时云雾缭绕。我不愿打伞,尽情地、放纵地在这云山雾缭绕间享受这春景、这山色。走在这山谷茶园中,仿佛置身于世外桃源,让人独揽山水之胜,饱尝林泉之趣。

随意踱进一家茶室,装修绝称不上堂皇,简朴中透着古朴的雅致情怀,迎门就是一镂空的屏风,一边将茶室的内景遮蔽,一边又让人瞥见内室中身着汉服、身材纤细的茶艺人,若隐若现间将中国园林造园艺术的障景法发挥得恰到好处。听,"大弦嘈嘈如急雨,小弦切切如私语。嘈嘈切切错杂弹,大珠小珠落玉盘",耳畔传来悠扬的古乐声,瞬间柔软了我的耳膜,将茶室的禅意烘托至极。

步入内室,案几上,香炉里钻出来的袅袅香气顿觉充盈了满室满屋。闻,我不须用力呼吸,香气就能清洗我的鼻腔,净化我的心肺。我一边静静听着美妙的古乐,一边用力呼吸着茶室的香气。这浓浓的熏香压顶之下,分明还有一股清茶的茗香,一股压不住、盖不掉的茶香。如果说焚香是浓郁的、如泰山压顶之势灌入我的鼻子，让我没有喘息之机，那么这茶香却似一股流离于大海大江之外的清流，需要用心去探寻、去捉摸、去猎取。它让我挪不开脚步，乖乖地坐下来，将自己的身、心、眼都百分百地投入到这至精至美的境界中。

眼前的茶艺姑娘，个个面容姣好，身材匀称，身着如水墨画般的汉服，伸出纤纤玉臂，熟练地将茶饼碾碎、夹出适量，放入紫砂壶中，蒸煮。看着眼前那造型精美的紫砂壶，不由得想起梅尧臣的名句："小石冷泉留早味，紫泥新品泛春华。"渐渐地，茶的香味盖过了焚香炉里飘出的香味，随着时间的推移散开来，氤氲了整个茶室。姑娘将煎好的茶逐个倒入客人的杯盏中，只见汤色翠绿诱人，清澈明亮，与茶碗本身的淡青釉色互相辉映。看，这一个个碗盏，小巧精致、玲珑剔透、造型优雅，仿佛与身俱来就是一件件艺术品。杯身质薄光润，白里泛青，风姿绰约，清新脱俗，雅致悦目。尝，趁热细啜，齿颊留香，沁人心脾。再见那嫩叶，根根直立于杯底，条形浑直似眉，亭亭玉立，似丽人在翩翩起舞，在袅袅烟雾中婀娜展开。几杯茶下肚，细细品味，甘醇鲜爽，满口清香，顿觉神清气爽，心旷神怡，精神倍增，颇有"一杯春露暂留客，两腋清风几欲仙"之感，怪不得唐代刘贞亮说茶有十德:“茶散郁气,以茶驱睡气,以茶养生气,以茶除病气,以茶利礼仁,以茶表敬意,以茶尝滋味,以茶养身体,以茶可雅心,以茶可行道。”

品完茶,我又步入了梅家坞的雨中。雨越下越大,只见茶农们头戴斗笠、身背竹篓,穿梭在茶田间,一叶一叶地将肥壮的芽头拧下来,装入背篓里,那娴熟的手势如一把把剪子,完全不在乎被雨淋湿的身子。再看他们那一双双粗大的手,上面都是厚厚的茧子,有的地方还裂开来,看着都叫人心疼。茶农告诉我,现在的制茶工艺比过去先进了不少,但是摘茶、选茶、炒茶还得靠这双手。我摸着那凹凸不平、粗糙至极的手,不禁想起了《悯农》的绝句,这连牙牙学语的孩童都会背诵的诗句。中国据说有2000多首有关于茶的诗词流传至今,却没有一首能像《悯农》这样关注底层采茶工的疾苦和生活。从陆羽开天辟地的鸿篇巨制《茶经》到刘禹锡的《西山兰若试新歌》,从欧阳修的“岂知君子有常德,至宝不随时变易”到徐文长《煎茶七类》文中“煎茶虽微精小雅,然要须其人与茶品相得”,中国的士大夫阶层在研究茶文化的道路上更多关注的是其形而上的部分,是儒家精神的精髓所在和“天人合一”的境界象征,而对于给我们贡献了这人间极品的茶的创造者们却惜字如金,不费笔墨。

令人庆幸的是对于茶农的艰辛劳作虽然没有能登大雅之堂的诗词歌赋，却还有一首民谣生动记录了彼时茶农们的悲苦生活，读来令人泪目："清明过了谷雨边背起包袱走福建，想起福建无走头三更半夜爬上楼，三捆稻草搭张铺两根杉木做枕头，想起崇安真可怜半碗腌菜半碗盐，茶叶下山出江西吃碗青茶赛过鸡，采茶可怜真可怜三夜没有两夜眠，茶树底下冷饭吃灯火旁边算工钱，武夷山上九条龙十个包头九个穷，年轻穷了靠双手老来穷了背竹篓。"

走出梅家坞，我心绪难平。我想，愿我们都能记住这首民谣，记住这些为我们缔造了人间珍馐的普普通通而实实在在的人，记住那繁文缛节的茶道茶艺背后一双双粗大厚实而有力的手……

灵隐寺开悟

每年元旦来灵隐寺烧香于我们家是传统，于我是惯例，就像过年必互相拜年一样，是不能舍弃、不可免的俗。

今年的年俗有些特别，因为杭州下雪了，都说“晴西湖不如雨西湖，雨西湖不如雪西湖”，我定要见识一番这雪西湖的美。但是，对于笃信佛教又年届不惑依然待字闺中的我来说去灵隐寺上香、磕头、祈福才是头等大事，因为“度娘”说了灵隐寺求姻缘最灵了。

晨钟鼓点中，我双手合十，带着一颗虔诚的心、沿着山阶静静往上，每一粒雪花似乎都传递着经书里的禅意。灵隐寺背靠北高峰，面朝飞来峰，始建于东晋咸和元年，占地面积达 87000 平方米左右，早在宋宁宗嘉定年间就被誉为江南禅宗“五山”之

灵隐寺开悟

一。它依山而建，一殿高过一殿，渺渺薄雾中就能看到袅袅的青烟。进入寺庙，请了清香，沿着中轴线缓步向上，气势恢宏的天王殿里弥勒佛袒胸露腹，趺坐蒲团，笑容可掬；转过身来，韦驮菩萨头戴金盔，身裹甲胄，神采奕奕。望着菩萨的微笑，雪后的灵隐寺给了我一份别样的宁静与平和，那些杂乱无序的念想彷佛都随着雪花飘远了，我几乎忘却了此行是来祈求什么的了。继续向上走，大雄宝殿重檐叠嶂，高 24.8 米的释迦牟尼莲花坐像颔首俯视、妙相庄严、气度非凡，令人不得不正视自己的渺小。大雪纷飞过后的灵隐寺美若仙境，白茫茫的一片，使静谧的寺庙更显出庄严静穆的美。黄墙黑瓦覆盖着皑皑的白雪，迎新的红灯笼在斗拱下摇曳，红、黄、白三色相融相衬，妖娆万分，煞是好看！厚重的木鱼声和清脆的铜铃声在空蒙的烟火气和纷飞的雪花中悠然传向远方。藏经阁和华严殿中间的那一片竹林也挂满了晶莹的雪花，绿色的竹子被白雪压得有些弯曲，而竹茎上粘着一层薄薄的霜花，晶莹剔透。突然，晨间的阳光穿过厚厚的云层从绿叶的缝隙中透下来，在黄墙白顶上洒下五彩的光谱，好似菩萨的开示，启迪内心的清澄与明净——个人的悲喜是那么的渺小，功名利禄是那么微不足道，浮生只是一梦，沧海不过桑田罢了。

历代的许多名僧都曾与灵隐寺结缘，中国文化史和佛教史上著名的弘一法师就是在这里剃度出家的。出生于巨富之家的李叔同也就是后来的弘一法师对音乐、戏剧、书法、绘画、诗词无所不通，无所不精，他是中国新文化运动的先驱，在当时的整个学术界是神一般的存在。是他最早将油画、钢琴、话剧引入中国。然而，父母早亡，生性敏感，加上早熟的思悟，让李叔同过早地看到了人世间的无常与悲苦，他希望借助艺术来安抚内心的痛苦，却屡屡不得。在偶然的情况下，他接触到了佛家的苦修之法，认定佛教才是自己的心灵皈依之所。于是，在断食二十天后，他走入了灵隐寺，遁入空门，舍妻弃子，飘然而去，留下一个坚定的背影和难以揣测的玄迷给世人。

据传，剃度几个星期后，曾与他有过刻骨爱恋的日本妻子伤心欲绝地携了幼子千里迢迢从上海赶到灵隐寺，抱着最后的一线希望，劝说丈夫切莫弃她出家。然而法师决心已定，连寺门都没有让妻子和孩子进。妻子无奈离去，只是对着关闭的大门悲伤地责问道："慈悲对世人，为何独伤我？"他的妻子知道已挽不回丈夫的心，便要与他见最后一面。清晨，薄雾西湖，两舟相向。

李叔同的日本妻子："叔同！"

李叔同:“请叫我弘一。”

妻子:“弘一法师,请告诉我什么是爱?”

李叔同:“爱,就是慈悲。”

李叔同有太多的爱,他对人世有太多的眷恋,他爱妻儿、爱学生、爱艺术、爱朋友,爱人世间的每一个人,可他又早已看破无常,他知道所深爱的都将逝去,他的眷恋越深,折磨愈甚。[①]他知道若是要摆脱其中的痛苦,就要学着放下,放下执着,学会超脱,放下小爱,学会大爱。唯有这样,人生才得从容。后来他去世之前写给自己弟子诗里曾云:“问余何适,廓尔亡言。华枝春满,天心月圆。春满花开,皓月当空,心中一片宁静安详。”

品味着弘一法师的诗句,我走出寺门,路面上的积雪已经开始融化。我叫了辆“滴滴”,直奔表妹的公司——阿里巴巴,这里是另一个神一样的存在。他的缔造者、无人不晓的马云在1999 年以 50 万元的资本注册了阿里巴巴,从一个让中国的小型出口商、制造商及创业者接触全球买家的贸易网站发展到如今集淘宝网、天猫、聚划算、阿里妈妈、阿里云、蚂蚁金服、菜鸟网络于一体并涉及云计算、数字媒体和娱乐等创新项目和业务的网上及移动商务全球领导者,至 2019 年 9 月 30 日的 2020

① 参考《弘一法师李叔同:一念放下,万般从容》。

财年第二季度财报显示，阿里巴巴第二财度营收达 1190.2 亿元人民币，在胡润研究院发布的《2019 胡润全球独角兽活跃投资机构百强榜》中排名第 7 位。[①]

来到位于西溪路上的阿里巴巴总部，这是一个由玻璃与钢结构包裹的庞然大物，不规则的巨大立方体参差错落，给人以震撼的力量。走进内部，一排排开放式的办公桌椅整齐地铺开来，像战场上的一个个方阵，严阵以待。墙上贴着各种报表和标语，包括阿里巴巴的“九条精神”和“六大核心价值理念”，从房梁上悬挂下来的彩色旌旗“XXX 年收官之战看我的”布满了整个公司。虽然是冬日，但这里热火朝天的氛围还是无孔不入地扑面而来，充盈着整栋大楼。在这个棱角分明的玻璃建筑里聚合着的是一台台夜以继日的机器和有着“猎狗”精神的充满激情、理想和执行力的有志青年。

表妹从大学一毕业就进入阿里当了“程序猿”，工作时间从“996”到“007”，她的生活被绑在了阿里这架“不舍昼夜”的机器上。她没有时间逛街，没有时间恋爱，没有时间穿衣打扮，甚至没有时间休息。她总是自嘲：“敷最贵的面膜，熬最深的夜。”没有时间恋爱的她找了个同是阿里的“程序猿”当了老公，终于在

① 参考百度百科。

三十而立那年把自己嫁了出去并有了孩子。但是，月子都没有出就回来上班了。现在孩子嗷嗷待哺，她却无暇照看，只能留给老家的双亲看管，每天只有短暂的几分钟时间隔着视频和咿咿呀呀的孩子互动，每年也只有春节那几天可以在家抱抱孩子。她总是问我等孩子长大了会不会只认得那个总在视频前出现的妈妈。她和我说再拼几年，等有钱买房了就把孩子和老人接来杭州同住。她说现在这么无休止的工作就是为了弥补不能在孩子身边尽责、在老人身边尽孝的遗憾。我在想，这种遗憾要如何弥补？正想着，表妹又被同事叫去开会了。短短的见面时间不过数分钟，桌上的咖啡都还未及呷一口。

走出阿里巴巴，我长吁一口气，这个具有巨大内核的企业所带给我的震撼与裹挟感、压迫感让我久久心绪难平。我想，纵然我们无法像弘一法师那样超脱得彻底、决绝，却也无法像马云那样心怀鸿鹄之志而无所畏惧、披荆斩棘、筚路蓝缕，最终乘风波浪而成一代神话。更多如我的凡夫俗子一边是渴望着在日常的琐碎中振臂一呼、高歌猛进的志满意得，渴望着一呼百应、前呼后拥的意气风发，一边又希望拥有看破世俗的潇洒惬意，高屋建瓴的机敏睿智，有放下一切、置身物外的坦然、泰然、超然与自然。就像作家胡赳赳说的那样："一边是仗剑走天涯，一边是孩子和老子；一边是马云，一边是星云；一边是入世的成功，一边是出世的向往，人们就在这种撕扯中挣扎着前行。学马云，是成功学；学星云，是佛学。学马云，是做大；学星云，是做空。学马云，是入世；学星云，是出世。学马云，是饮鸡血；学星云，是饮鸡汤。学马云，是求洪福；学星云，是求清福。”

是的，我们的心总是不断地在煎熬，不停地在盘桓，不懈地在努力，又无可奈何地去否定。于是，我们不停地在奔跑，一边奔跑，一边回头，总想着弥补些什么，总以为下一站就是终点。真的到了下一站，往往又变成新的起点。如何在这样分裂的挣扎中寻找到属于自我的平衡点，如何在内心中找到属于自己的富足与喜乐呢？我认为：我们的行为可以入世，但我们的心灵必须有驰骋天空、遨游大海、奔向草原、回归书香的一席空间和超拔一切的玄学高度，哪怕这种出离只是短暂的、临时的、间歇的；停下脚步嗅一嗅上班路上街边野花的芬芳，点上一支蜡烛做片刻的冥想，每周强迫自己抽一天时间准时下班回家尝尝妻子的拿手菜，陪孩子读篇绘本，和父母唠唠嗑，只有这样我们的身心才会平衡，心神才可合一，人生才能健全，在入世与出世间找到那个平衡点才是支持我们稳步向前的那个支点。而这个平衡点的获得需要大智慧和大胸襟！也许正如灵隐寺门楹上的那副对联所书:“人生哪能多如意,万事只求半称心。”

想着想着,雪又飘扬起来,我不禁摊开双手让白色的雪绒花在我的掌心上律动,我庆幸能与杭州有一场如此美妙的雪的约会!

上海周边

西塘古镇

西塘古镇

宜兴蜀山老街

常熟虞山风景区

艳遇西塘

艳遇西塘从咿咿呀呀的摇橹声开始，从摇橹划过后留下的道道波痕开始。水痕逶迤，就像这逶迤的河流，曲曲折折，拐个弯消失在视线中，却在下一处景点等着你。水养育了西塘，更让西塘灵动了起来；有了水就有了船和桥，“船从碧玉环中过，人步彩虹带上行”。坐在船里，观两岸美景，听船工吟唱。紫藤低垂、柳影婆娑是白天的卷帙，灯笼摇曳、皓月悬空是晚上的画卷。流动的船上流动的歌，流动的美景流动的画。你可以在古老的夜色里怀旧，吟“无风水面琉璃滑，不觉船移，微动涟漪”；你可以在摇橹声中遥望两岸人家、看百家灯火、思万家之情。小船悠悠，岁月悠悠，悠悠岁月就在这碧波里悠悠逝去……

下了船，随着人流登上桥头，“你站在桥上看风景，看风景的人在楼上看你”。桥是俯瞰古镇全景的最佳所在，也是古镇人流扎堆的地方。西塘桥多是一大特色，众多的桥梁把西塘连成一体，古称“九龙捧珠、八面来风”。自宋时起，西塘已建有安仁桥、安境桥、五福桥、永宁桥等11座。清代又建了卧龙桥、渡禅桥、来凤桥等。这些古桥大都为单孔石柱木梁桥，工艺精湛，保存完好，具有极佳的观赏价值，自古被誉为“卧龙凌波，彩虹飞架”。每逢周末或节假日当地戏迷还会在桥上自娱自乐，吹拉弹唱。和着悠悠船歌，日子总显得这样恬淡悠然；经历了，却还像从未经历过……

跨过桥，折入弄来，曲径通幽，不知深几许，行至尽头，豁然开朗，别有洞天，宛若一位羞涩的少女，笑意盈盈地与你颔首，转眼找寻不见，却又突然俏皮地出现在你面前，冲你莞尔一笑。宅弄是西塘的又一大特色。按不同的用途来分，大致有三类：街弄、水弄和陪弄。连通两条平行街道的称为街弄，街弄前通新街后通老镇，穿过它就像穿过历史的隧道，抚今追昔，你可以触摸历史的厚度。前通街后通河的称为水弄，水弄连着河埠，往往是附近不临水人家下河的通道，百转千回，情系万家。设在大宅内厅堂侧面的称为陪弄。陪弄完全在室内，有墙和邻居相隔，没有采光，因此在墙上凿个孔，放上盏油灯。陪弄是古时妇女与佣人的通道，穿过它你可以窥见社会的沧桑变迁。久居陪弄的人家闭上眼睛就能来去自如，不熟悉地形的外来客就得像打太极拳那样放慢手脚探路而行了。石皮弄是全镇最有名的弄，全长 68 米，由 216 块厚度仅三厘米的石板铺就而成，弄内的石板路下是一条能使全弄雨天不积水的下水道，薄如皮的石板作为下水道的表皮，故称石皮弄。石皮弄最宽处 1.1 米，最窄处只有 0.8 米，要是两个胖子在弄内交会，没准就是擦墙贴肚皮也不一定能轻易通过。走在弄内，鞋声叮咚，你可以聆听西塘千年以来跳动的脉搏；拂去历史尘埃，你可以探寻往昔的文明与智慧……

穿过弄堂，一栋明时大宅子出现在眼前。筝筝古琴声，空灵悠扬、委婉跌宕、缓急相间、余韵徐歇，让人不由得想起“佳人当窗弄白日，弦将手语弹鸣筝。春风吹落君王耳，此曲乃是升天行”的佳句。登堂入室，青花瓷中勾勒着水乡的朦胧，水墨画里写意着江南的迷离，“宣纸上走笔只字搁一半，涩白花青的锦鲤跃然于碗底”，匾额上镌刻着辈辈相传的家训，竹榻上回味着昨夜未散的氤氲。闺房里，几案上的雕花诉说着久远的歌谣，床头的苏绣私藏着少女的心事。炊烟袅袅升起，西塘特有的芡实糕的甜香飘散在空气中，尝一口，软软糯糯、入口即化；珍珠大的手工圆子玲珑剔透，用这香甜的江南水煮上一碗，兑上桂花酒酿，醉在嘴里，甜在心窝里。夜风起了，天井里竹子沙沙作响；踏着吱呀作响的木梯，登上阁楼，凭栏远眺，旖旎的水色，旖旎的江南，浸没在这旖旎的夜色里。月上柳梢头，枕着窗外温润的月光，嗅着红木雕花大床幽幽的清香，“明月装饰了你的窗子，你装饰了别人的梦”，今夜月圆梦更圆……

一觉醒来，在有着“小丽江”之称的烟雨长廊下的小店里为自己挑上几件可心的细软，大红大绿的裙装、扎染的包头布、绫罗绸缎的披肩、精雕细琢的银镯子，且不管是否能这样穿着走进大都市的办公楼，先叫街上的小伙眼前一亮，弄不清你究竟来自千里之外的云南还是这秀山秀水的江南。

河道两旁，酒家林立，“千里莺啼绿映红，水村山郭酒旗风”描绘的莫不是这里的景致吧。旋梯而上，你可与友人在此对弈，或是谈古论今、激扬文字；亦可品香茗、诉离绪、寄相思；或邀三五知己，尝西塘的特色小菜，品淳朴的农家米酒；豪饮、小酌均别有情致，你可以悠哉悠哉做一回神仙。除了酒家，还有酒吧和咖啡馆，古色古香的楼阁间飘出“金托尼”和“卡布奇诺”的香味，淳厚而淡雅，浓郁而清新；不论来自哪里，既然遇上了就一起干一杯，诉诉心中的烦恼，侃侃淡忘的梦想，不管明天是否还能像这样地遇上……

2010年的春天，西塘宛若一个娉婷的女子，婀娜的身姿、清澈的眸子、浅浅地笑着、嫣然地在我心底走过，留下一缕香……

初识宜兴

提起紫砂壶自然想到宜兴。宜兴是紫砂壶的产地，紫砂壶是宜兴的名片。金秋时节，在友人的引领下，我来到了有着六千多年制陶史的中国陶都宜兴。据考古发现，此地早在新石器时代便有烧造原始粗陶的古窑群遗迹。在宜兴的蜀山镇，我找到了紫砂壶的发祥地——蜀山老街。

蜀山老街亦称古南街，东临东坡书院，西濒蠡河，北依蜀山，一座古老的拱桥横跨在蠡河上，将南街和北街连在一起。原桥桥拱两侧分别有晚清总理各国事务大臣、顺天府府尹周家楣书写的桥联，一面是"不霁何虹，天倩娲皇来补石；此山似蜀，人思坡老为题桥"。另一面是"宜歙溯来源，两岸静涵荆水绿；浙湖通要道，一弓长抱蜀山青"。桥联为行船客商作了山镇的阐释。

老街的入口处，高耸的烟囱犹如站着的一个巨人，原汁原味地标识着这里独特的人文气质。绵延在苏东坡所说的“此山似蜀”的蜀山脚下，紧挨着归隐乡野的范蠡泛舟过的蠡河，蜀山老街庄重而不媚态，不瘟不火地演绎着陶都的故事。一丈见宽、数百米长的夹弄里，黑瓦白墙、木拼门、格子窗、光滑的石板路，作坊林立，游客却没几个，使蜀山老街看起来有几份孤独与微不足道，好像只能在孤芳自赏中找到自在的美丽。但是不然，越往巷子深处走，越能发现它的美；这是一份古色古香的、返璞归真的美，是一种现代文明所无法创造的文化的美、民俗的美和乡情的美。老街尚处在“养在深闺人不识”的境地，没有人来人往拥攘的游客，没有提篮叫卖的走街串巷，这里的商肆少了一份商业俗气，多了一点文化的内蕴。并未闭紧的门，虚掩的窗，泛着鱼鳞光的青石板路，依着蜀山的墨绿山影，就着蠡河的汩汩水流延展开来。这里，不喧哗不浮躁，含蓄而内敛，紫砂文化的积淀，早已将它磨砺得荣辱不惊。一扇扇幽暗的不起眼的门背后，都蕴含一段超越时空的紫砂故事。蜀山老街，在历史的长河中永葆自然的本真，在极端落寞的美丽中给陶都保留了一份充满着吴地文化底蕴的骄傲。大文豪苏东坡曾先后三次来到宜兴，对阳羡（宜兴古称）山水怀有眷恋之情。当他看到“独山”峰峦如黛、清溪萦绕的迷人景色时，曾感慨地说：“此山似蜀。”他在《桔颂》里声称，要在这里买一小园，种桔三百以度晚年。他吟有“买田阳羡吾将老，从初只为溪山好。来往一虚舟，聊从造物游”之句，后因仕途坎坷，未得如愿以偿。宜兴人为了纪念苏东坡，就将“独山”改名为“蜀山”，并在东坡讲学处建造“似蜀堂”。

我们到来的时候已近黄昏，又是雨雾天，空蒙的烟雨中，老街更显寂静与唯美。在蜿蜒旖旎的老街上逡巡徘徊，仿佛真能遇到撑把油纸伞的丁香一样的姑娘。老街上出过多位紫砂大师，大凡他们呆过或工作居住过的房屋都有纪念牌标志。我有幸找到了顾景舟大师的旧居。顾老被尊为“一代宗师”“壶艺泰斗”，现每把壶时价均超过 100 万元。

闲庭信步在老街上，我深深感到一个城市，不论是大城市还是小城镇，如果没有了老街，就好比历史行走到这里突然停下了脚步，没有了温暖的民间烟火，也断掉了城市的文脉之根。正如一个暴发户，大腹便便，油头粉面，你可以羡慕他的财富，却对他内在空虚的富足尊敬不起来。

在这里，时光像蠡河的流水，缓慢悠长，一砖一瓦，都诉说着老街的历史。遥想当年,老街犹如陶都镇上的一颗灿烂明珠,光彩耀眼。良田万顷,阡陌纵横,商贾云集,蠡河码头船来客往,虞美人的一首《蜀山老街》可以让人依稀窥见老街当年的盛景:"蜀山又迎春风吹,拥客南街喜。陶都昨夜雨轻飘,细诉桩桩欲找客卿聊。青条路面今犹在,只是墙颜改。问声阿婶某家居?点首频频遥指制壶庐。"当年,作坊里烧成的紫砂壶都从蠡河码头启程,进入太湖后被运往全国各地……曲曲折折的蜀山老街以其自身浑厚的民俗文风积淀,养出了陶都的性灵,育出了紫砂壶的精髓。

在友人的带领下,我们拐进了紫砂壶工艺大师、蜀山泓砂行创始人吕卫中的工作室——古南老街153号。这里俨然是一个艺术品博物馆,墙上是中国书法家协会理事的题字,苍劲有力。墙角伫立着一架三角钢琴,吕大师不无骄傲地向我们介绍这架钢琴的主人是他的女儿——吕佳溦,她才华横溢,现在古典钢琴的顶尖学府、素有"音乐界的哈佛"之称的纽约茱莉亚学院钢琴系深造。靠墙的架子上错落有致地摆满了吕大师巧手与智慧的结晶。我仔细端详,有的小巧玲珑、光滑圆润,有的大气恢弘、凹凸有型,有的如小家碧玉,有的似顶天立地的汉子,有的若森林里的猛禽,有的像搏击长空的飞鸟;有的精巧细腻，有的粗犷豪放，有的温润光滑，有的质地拙朴。与流水线上的成品不同，这里的每一件作品都是纯手工原创，因此独一无二，每一件都令我爱不释手。

在吕大师众多的作品中，我尤被一把编钟紫砂音乐壶所吸引。它以红润艳丽的原矿紫泥塑型，大气挺阔，外部饰有中国古代编钟的式样，底座内装有一个音乐盒，故能发出古琴清幽深远的乐音。试想一下，冬日午后，邀上三五知己，泡一壶香茗，听一曲古乐，偷得浮生半日闲，快乐赛神仙啊。吕大师告诉我们，这把壶的创作灵感就是来源于学习音乐的女儿。他将对身处异国他乡的女儿的眷恋都熔铸进了这把壶里，镌刻在了壶表面的青铜标志中，蕴藏在了每一个散发出的妙音里。“大象无形，大音希声”，拳拳父爱，天地可鉴！这声与形的结合，爱与心的交融恰恰体现了紫砂壶千百年来所承载的质朴恬淡、以壶养人的紫砂精神。水、火、土本是世间最普通、最稀松平常的元素，却能在能工巧匠的奇思妙想与娴熟技艺中幻化成一件件匠心独具、别具一格的艺术珍品，并赋予了它流动的情感，因而能承载或大或小、与众不同的象征意义。

当我正沉浸在吕大师的精美艺术作品中，为他的精湛技艺深深折服时，吕大师主动提出要教我制作一把属于自己的壶，我顿时喜出望外。于是,吕大师拿出一块在清水里浸泡了许久的紫泥,切下大小适中的一块,让我用专门的木槌反复敲打。“经过水洗是要把里面的无机的盐类的东西排出去,砸下去的地方要把软硬的地方打匀了,不仅要有力度,而且要得法。”光是把泥打成厚度在 3mm、厚薄一致的泥片这道最原始、最初级的工序就费了我好大的劲。接着,吕大师把我打好的泥片围在准片上,准备做壶身,由于这是制壶的关键工序,吕大师必须亲自上阵。只见他左手在围的泥片里扶,右手持泥片拍子敲打泥片,一边转一边慢慢地收口,整个过程耗时大约半个多小时。然后,他要把壶嘴等用调匀的紫泥连接壶身,为此他不断调整角度和厚薄程度。“没有一处直是直,没有一处曲是曲。”吕大师一边做一边教导我,我发现他的每一个动作都充满仪式感,他说壶就是他孕育的孩子,因此每一次拍打、每一个细微之处都是在赋予壶生命。在吕大师的精雕细琢下,我的壶终于有了雏形,接下去就是要经过 3 次 1160 度高温萃取 24 小时才能成品。

这时,我才注意到吕大师的腿脚不是很灵便。原来他幼年时因小儿麻痹腿部肌肉萎缩造成了走路不便,因此早早放弃了学业。为了谋生,他修过发电机、开过理发店,但他从未被生活的苦难压倒过。他说："艺术是相通的，艺术创作就像生活中的修行，修家电修电机美发理发……别看和画画写字没啥关系，其实手艺活儿用心去做也都是门艺术。"上小学那会儿，他就热衷绘画，回宜兴后，为了更好地学习紫砂制壶，他在参加紫砂制壶培训的同时还报了美术培训班，并被华健老师认可收为徒弟。自此，他在紫砂艺术创作上一发不可收，不仅制壶水平突飞猛进，还不断创作出富含人文思想的紫砂创新作品。他原创的"太湖风骨"系列，集欣赏、实用、收藏一体，打破传统器型而完全创新的设计使其供不应求。

制壶的过程中，吕大师一再向我强调不仅要用手，更要用心。看着他瘦小甚至有点佝偻的身姿，我忽然发现他身上所代表的不正是中国匠人的品格吗？不伟岸挺拔，却坚强坚忍，不浮夸耀目，却耐得住寂寞，守得住平凡；风雨打不倒，磨难击不怕，正如这紫泥，揉不碎、压不垮，几经熔铸煅烧，淬炼而浴火重生，磨砺而终"化茧成蝶"。正是千千万万像吕大师这样的工匠，撑起了中华民族的一片天！

吕大师告诉我们，从明中晚期一直到20世纪60年代，这里历来是宜兴紫砂的生产和销售中心。老街，就像是一面镜子，"影"藏着历史的变迁，静静诉说着蜀山的兴旺与凋落，辉煌与孤寂。作为历史文化的积淀，作为一种地域文化的象征，它将远逝的沧桑或多或少地显现了出来。令人庆幸的是，蜀山老街并未湮没于历史的尘埃中，滚滚的经济大潮亦未能将蜀山的古风古貌销蚀殆尽，整条老街依然很好地保存了其原有的历史文化风貌。如今，随着吕大师这样的新生代工艺大师的入驻，蜀山老街重又焕发出了往昔的光彩。在老街从容悠然的背后，它的子孙们也正匆匆地追赶着时代的脚步，他们用陶艺特有的魅力，为老街增添着别样一种的深层次的美。我忽然觉得蜀山老街的历史，也如我们中华民族的编年史，虽历经磨难却生生不息，饱经风霜而昂然屹立！

参观完，吕大师送我们出来，老街上又传来阵阵拍打泥片的声音，空气里氤氲着紫泥特有的乡土气息。我深吸一口气，美哉，中国紫砂壶！壮哉，中国工匠！大美，中华民族！

随喜三洲山

三洲古道是位于湖州长兴县三洲山的一条红色古道，它穿越茅山、三洲山、襄王岭和太华山，在古代为浙江湖州、江苏常州和安徽宣州的交界点，一脚踏三省，故名三洲山。今天，三洲古道因其途经新四军的后方医院，而被称作“红色古道”。整条古道古木参天，翠竹摇曳，流水潺潺，古朴的风景煞是迷人。被照片上的秋色精致所吸引，我报名了一日游的驴游团，期待着与红色古道来一次约会。

还记得上一次的“驴程”是在整整十年前的九华山，那是在2009年的最后一天，山上仍有积雪，我跟随一队驴友从夕阳西下爬到星辰满天，终于在当地挑夫的带领下于午夜时分从没有台阶的后山坡登上了九华山顶。那一次，我看到了如蜘蛛网般密布的璀璨星际和瞬间跃入眼球、红遍天际线的日出，还有那酸痛了整整两周的小腿肚也让我永生难忘。

于是，对于此次的三洲山之行，我既心怀期待又心生余悸。穿上 The North Face 的冲锋衣，带上登山杖，我在空蒙的晚秋的清晨中出了门。月亮还悬在空中，天色是一片漆黑，早起的鸟儿在路旁的梧桐树上鸣叫。我骑了共享单车终于在太阳初升前赶到了集合点。

在经过了三小时的长途颠簸后，我跟随着小分队开始往山上爬。这是一片建在山上的茂密的竹林，太阳已经完全升起来了，钻过密林透出薄薄的光。我撑着登山杖顺着台阶一步一步往上走，渐渐地我就跟不上大部队的步伐了。我喘着粗气，三步一停，两步一歇。新四军的无名和有名的墓碑伫立在山头，破废的农家屋子不时出现在竹林旁。继续往前，是一段平缓的小道，两旁的枫叶还没有泛红，银杏却黄得醉人。突然，一条完全没有石阶的狭窄陡坡兀然地出现在我面前，此行的严峻就这样赤裸裸地呈现了出来。登山杖完全没有插足之地，我双手双脚并用才勉强爬上了一小段，接着脚底打滑，感觉整个人直往下坠。望着陡峭而湿滑的山坡，我不得不退缩了。在巍巍自然面前，我感到年龄、体力都不得不屈从于现实的冷峻。在得到了领队的许可后，我开始沿着来路往回走，准备打车去终点集合处等大部队。我一边走，一边心里打起了小鼓，山脚下是空荡荡的高速路，往来的都是重型大货车哪会有什么出租车啊。

我心里默念着《心经》一路往回走，居然在道边发现了各种颜色的小花，绚烂地在阳光底下兀自盛放。我惊异，为什么上山的时候没有发现它们呢？想来，应该是刚才急着赶路没有注意到。看来，生活中我们往往急着追寻结果，而错过了过程中的美景，而这种美景才是真正值得追寻的东西。就这样，我一个人笃悠悠地走着，一路享受着微风、阳光、清泉和小花。

来到山脚下，站在空无一人的高速路边，我惴惴不安的心更加忐忑，从定位上看这里距离集合点还有30公里的距离。孤寂的野外，来来往往的连个出租车的影子也没有。我决定沿着导航的路线先走一段看看，既来之则安之，此行的目的不就徒步嘛。出乎意料的是，就在我走了不到5分钟的时候，远远地就看到一辆绿色的出租车拐进了高速路下的小村落。我拼命地向车子挥手，庆幸的是车子停了下来，司机探出头来问我去哪里，在得知我的目的地后，司机让我等在原地，他开过来接我。我感到这是菩萨派来载我的车。上车后，司机一个劲地夸我运气好，他说要不是刚送人到这里，一般情况下出租车是很少开进这荒山野岭的。我为自己的幸运而庆幸，也为下山路上的一路美景和好心情而欢喜。

司机把我送到集合地点——长兴县白岘乡罗岕村村委会。载我们过来的大巴就停在一棵硕大的银杏树下。这棵银杏树的树冠撑开来约为一个半径一米长的圆，层层叠叠的枝桠错落有致，叶子已经完全黄了，阳光下黄色的叶子泛着金光，美呆了！更妙的是树下还有四个石凳和一个石头圆桌，我坐下来，一边端详着这棵参天的银杏，一边啃起了我的面包。没有领略到三洲山的俊俏，却幸会了这美丽端庄的银杏，我感觉毫无遗憾，心头反而有一种自得其乐的满足感，欢喜心再一次油然而生。就在我悠然地享受着我的面包午餐的时候，银杏旁农家别墅的主人走了过来。他瘦高个，看上去 40 多岁。他热情地问我从哪里来，为什么独自一人。我将如何掉队、如何打车来到这里的经历告诉了他。他告诉我这棵银杏已经有百年的历史，当初在此建房的时候曾想把银杏圈进自家的院子里。后来，村委会说这是棵古树，是公有财产，他才不得不放弃了。他热情地招呼我进屋子里看看。他告诉我这栋房子共有地上四层，地下一层，花了 400 多万，是他自己设计建造的。我尾随着他进入了地下室，这里俨然是电视剧里土豪家的活动室，一张台球桌居于中间位置，周围摆满了各种健身器械和娱乐设备。他的太太热情地把我们迎上了一楼的茶室。我们边喝茶边聊家常。原来他姓吴，早年是做石材生意的，现在有个200亩的种植园，做起了园艺生意。家里有一子一女，刚过50岁的他已经有了一个1岁多的小外孙。得知我年届不惑还未嫁人时，他太太都替我捉急起来，那捉急的神态和老家的姨妈如出一辙，仿佛我就是她家的亲侄女。得知我母亲已经过世，和年迈的父亲相依为命时，吴大哥热情地邀请我带老人家来这里小住。他说这里空气清新，水果蔬菜都是自家种的，非常适合养老。说着，他又往我的杯子里加水："这茶也是自家种的。"我们聊着家常，吴侬软语间仿佛是早已熟识的故友甚至亲戚。一个小时很快过去了，吴大哥提出带我去村口不高的洞山逛逛。

吴大哥开车一路载着我来到村口，吴大姐尾随着我们，她抱歉地说因为还要去趟县城，没法陪我爬山了，但是她一再念叨这里非常安全，村民都很纯朴。说着，他们帮我拔去山上的野草，一路把我带到半山腰，又给我指了回村的路，并一再嘱咐要是迷路了给他们打电话。望着他们远去的背影我感觉特别温暖踏实。他们走后，我一个人在小山上转悠，这里很多的景观都被打造成《西游记》里的场景，虽然有些牵强附会，但也增添了不少爬山的乐趣。正当我研究着山里的“盘丝洞”的时候，听见身后一串银铃般的笑声。循声望去，两个小女孩一人肩挎一个小背包，手拿一瓶矿泉水出现在我身后。我们相视一笑，她们甜甜地叫我阿姨。于是，我邀请她们和我一起攀登。她们告诉我她们两个一个五年级，一个四年级，一个属虎，一个属牛。我诧异地问她们周末不用上补习班吗，她们说作业已经做完了，得到父母的允许独自来爬山，这已经是她们第二次结伴来爬这座山了。我给她们拍照，将随身带的零食分给她们吃，教她们说简单的英文单词，她们告诉我学校的趣事。脚下枯叶发出沙沙的响声，抬头一株枫树上的叶子已经被染成了深浅不同的红色。我们一路说说笑笑，走走唱唱，我感觉自己像极了《音乐之声》里的玛丽亚，带着孩子们在大自然间尽情欢歌。突然地，我特别地羡慕这两个孩子，可以远离城市的喧嚣，远离升学的压力，无忧无虑、彻彻底底地享受这个属于她们的周末的午后。童年，不本该是这样子的吗？闲聊中，我更惊喜地得知这两个孩子也是罗岕村的村民。于是，我们又结伴下山回村，她们骑着小脚踏车在前面带路，我跟在她们后面，她们不时停下来回头等我，浅浅的笑意在夕阳的余晖中绽放。一路上，我又收到了吴大哥发来的定位，嘱咐我一路顺风，我的心里又是一阵暖意。

这一天，我错过了三洲山的翠竹密林和多彩姿色，却体验到了最淳朴、最感人的民风民情。错过了此地的风景，却又在它处收获了更美的景致！林清玄说："以柔软心看世界，以平常心过生活，以欢喜心生情味，以清净心除挂碍。"是的，拥有一颗随喜心，不仅在此刻的旅程中，更在未来的人生路上是多么的重要啊，我想！无疑地，三洲山的这片风景将永远留在我的心头，日后回忆起来心头一定还是甜甜的、暖暖的。

虞山脚下的凭吊

听说常熟虞山的枫叶红了，于是我和友人不顾路途遥远，驱车六百多里，乘兴而去。经过了阿庆嫂的沙家浜，导航显示虞山就在不远的前方。果然，刚进入尚湖景区，影影绰绰的树影中就瞥见了虞山上红似火焰的枫树。放眼望去，整座山脉都浸润在红艳艳的枫叶中，深浅不一的红在太阳的照射下泛起金红的光芒，如绚烂的彩霞。停好车，远观山上的红叶，如传说中的“火龙鳞”，艳得叫人睁不开眼。漫山遍野的红叶，红得那么光亮，又那么热烈，它燃烧着，升腾着，旋舞着，灼热着我的双眼，令我如痴如醉。低头俯视尚湖，红色的枫叶倒映在碧绿的湖水中，粼粼的波光泛着红绿相间的波痕，似瑰丽的织锦彩缎。我不由得深吸一口气，静静凝视这鬼斧神工的美景，正应了杜牧的那句名句："停车坐爱枫林晚，霜叶红于二月花。"

更令人惊喜的是，本是追逐枫叶而来的我，却在山脚下发现了同样美得不像话的银杏。一株株硕大的银杏巍然排列在道路两旁，树上的银杏叶已然由鹅黄变成了深黄，一如寺庙墙体的颜色。有些枝桠如柳条般垂下，有紫藤的韵味，又不似紫藤的娇艳而更显庄重；有些浓密的地方更像黄色岩浆形成的瀑布，倾泻下来。一阵微风吹来，片片银杏叶在空中划出美妙的弧线，悠然地飘落而下，不由让我想起纳兰性德的诗句："况有短墙银杏雨，更兼高阁玉兰风。"又一阵风吹来，地上的银杏叶兀自随风起舞，如一只只黄色的蝴蝶互相嬉戏追逐，直叫我看得发呆。

沿着景区边的小路正欲上山，却很惊异地发现"秦淮八艳"之一的柳如是的墓竟在此地，我不由得放慢了脚步。柳如是本是清丽佳人，却命运多舛、流落风尘，在秦淮八艳中貌不惊人，却能诗擅画，在那纸醉金迷、舞榭歌台的万丈红尘里，她单凭那满腹才情便已名动江南。但她不齿以色侍人，不愿轻易委身于人，遂自敛资财为己赎身，重获自由后经常穿着儒服男装，与一群文人雅士纵谈时事，激昂陈词。近代学者王国维曾对此写诗赞道："幅巾道服自权奇，兄弟相呼竟不疑。莫怪女儿太唐突，蓟门朝士几须眉。”秦淮河向来是文人墨客的聚集地，才华横溢的柳如是在这里邂逅了许多博学好古的旷代逸才。但这些才子们都不愿长期为儿女情长所牵绊，所以柳如是的感情总是难逃“落花有意流水无情”的宿命，直到遇到东林党人、文坛泰斗钱谦益。跨越了年龄、身份的重重阻隔之后，漂泊二十多年的柳如是终于得偿所愿，有了一个家，一个名正言顺的身份。然而这样的幸福生活并没有持续太久，明王朝山河破碎、局势危急，国家上下笼罩着一种山雨欲来风满楼的沉重气氛。在清军兵临城下之时，柳如是投尚湖殉国(后被人救起)，而钱谦益却心生畏惧，在清军的铁蹄之下屈膝变节。丈夫奴颜婢膝，投靠新朝廷的举动让柳如是羞愤不已，在钱谦益入清廷为官的那日，她一袭大红衣衫为丈夫送行，以表誓死追随大明王朝的决心。[1] 谁会想到，这样一个出身卑贱的女子，竟有一身铮铮傲骨，折煞了无数朱紫缙绅。国家似乎从未给过这个风尘飘零的女子任何庇护，但她骨子里的家国情怀却比任何一个人都要强烈！

如今站在这简朴的墓冢前，我想起了西子湖畔的苏小小，同是“秦淮八艳”，但那里有“若解多情寻小小，绿杨深处是苏

---

① 参考《秦淮八艳之首，柳如是的坎坷一生》。

家”的鸿儒文人的吟咏，有“苏小门前花满枝，苏公堤上女当垆”的雅士骚客的传颂，有“苏家弱柳犹含媚，岳墓乔松亦抱忠”的饱学之士的凭吊，这里却几乎什么都没有，唯有最最简单的“河东君之墓”的墓碑茕茕孑立。为才子仕途慷慨解囊的苏小小固然令人心动，而为家国忧患舍生忘死的柳如是更让我心生景仰。一个小小的红尘女子，一个柔弱得连自己的命运都无法主宰的青楼歌妓，却在民族危亡、大山崩于前的是非面前作出了大男人都不一定能做到的大义凛然的抉择。这慨然正气地动山摇！

如是之后，历史的河淌过了近三百年，逡巡迂回，兜兜转转，又流变到了另一个关头。同样的是生死存亡、朝代更迭，不同的是这一次要面对的是洋炮利舰，是丧权辱国。唯有变法才有出路！一代帝师——翁同龢站在了变法维新的风口浪尖，他亲自起草了纲领性文件《定国是诏》，并引荐了康有为等维新护法的生力军给自己的学生——光绪帝。却不想，彼时的大清虽满目疮痍，但封建余孽一息尚存、倾巢而动，肆意着被颠覆前的最后也是最疯狂的反扑。可叹，一代帝师，饱读诗书、满腹经纶，却被垂帘听政的当权派开缺回籍。1904 年 7 月 4 日，在风云变幻中饱经忧患的一代帝师满怀抑郁和凄怆、与世长辞。临终前，他口占一绝：“六十年中事，伤心到盖棺。不将两行泪，轻向汝曹弹。”短短四句话，道尽了这位松禅老人的宦海沉浮、壮志未酬的忧伤。[①]

突然，太阳收起了光芒，秋日的午后山间竟有了份肃杀的味道。站在翁同龢的墓前，蓦然地，我想起了那句“风萧萧兮易水寒，壮士一去兮不复还”。当年的翁老已是位年近古稀的垂垂老者，但“老骥伏枥，志在千里”，他心怀家国、壮怀天下的那颗心依然迫切而怦然跳动。他心痛于北洋水师的全军覆没，目睹了清王朝的腐朽没落，他渴望老祖宗的基业能够重振旗鼓、万古长青，他憧憬着立法变革，让上下五千年的文明从人治走向法治。他不是没有担心过失败的后果，不是没有估量过对手的狠辣，但是中国读书人骨子里一脉相承的“修身、齐家、治国、平天下”的宏愿以及“穷则独善其身，达则兼济天下”的使命感召唤着他挺身而出，站到了历史洪流的最前沿。拼得一身剐，愿将天下换新颜。虽然，将改革图强的宏图大业系于一手无寸铁、毫无实权的封建帝王多少显示了其读书人政治上的幼稚，但“我以我血荐轩辕”的那份浩然正气、无私无畏还是让一个多世纪以后的我动容不已！

---

① 参考《翁同龢：成败皆为师》。

血色残阳浸染了天边，伫立在虞山景区内的这一座座墓碑前，我不由得血脉贲张，心绪也随之壮怀激烈，久久难平。墓碑无语，却暗藏壮阔波澜，中国的历史正因有了这些“天下兴亡，匹夫有责”的仁人志士，有了“各国变法无不从流血而成，今日中国未闻有因变法而流血者，此国之所以不昌也。有之，请自嗣同始”的宁死不屈、慷慨赴义的戊戌壮士，还有身份卑微、却在大是大非面前比贞洁烈女甚至文坛巨擎更能明辨是非的青楼女子，中华民族的历史得以曲折前进，纵横五千年的华夏文明得以绵延存续，这真是泱泱中华之幸事！

福建

永定客家土楼

厦门鼓浪屿钢琴博物馆

福建承启土楼王全景

电影《云水谣》取景地

从平遥古城到南靖土楼

静静地徜徉于千年古城的青砖绿瓦中，感受古城墙内的昔日繁华，品味明清建筑的厚重与质朴，这些都是我关于平遥古城的遐想与期盼。经历了舟车劳顿和辗转奔波，我终于站在了平遥熙熙攘攘的人流中。

首先映入眼帘的，除了巍峨厚重的城墙外，便是一家家林立的店铺。古色古香的建筑下，游客摩肩接踵，叫卖声此起彼伏。细看售卖的产品，除了山西特产的牛肉干和推光漆器外，文创产品和民族服饰占据了绝大比例，而这些文创产品和民族服饰与云南丽江四方街、周庄、同里甚至上海七宝老街上售卖的货品别无二致，毫无特色可言，与这里古朴凝重的古城墙也显得格格不入。

走着走着，我便来到了闻名遐迩的"日升昌"票号，这里聚集了诸多的镖局、票号和古民居博物馆。镖局里的标枪弓箭和斧钺钩叉再现了当年镖局的强悍，票号里的地下金库和那些金元宝银锭再现了当年这里的银行金融业的繁荣，但也暗示着这样的繁盛已经属于往昔，封存在了历史的故纸堆里。民居展是一个典型的四合院建筑——前院、中院、后院还有后花园和阁楼，空空如也的大宅里游客川流不息，人们只有通过房间里陈列着的各种古玩和古董家具，去揣摩和再现古代山西民间生活的原生态风貌。

宽阔的大街上迎面走来的一队皇宫队伍吸引了不少游客驻足观看：有开道的，有打牌子的，坐在轿子里的是皇帝，有护驾跟班的，总之皇家的大内、宫娥才女、宦官卫士等一班人过后，在最后面还跟着一个骑着高头大马的漂亮洋人，好不滑稽。

突然一辆电动助力车风驰般地从我身边呼啸而过，车上老板热情地招呼我："10 块钱，10 块钱，送你到目的地。"听口音，不像是本地人，老板告诉我他在古城外买了房子，现在靠开电瓶车走街串巷，养家糊口。他还说，现在在古城里经营客栈的都是外乡人，真正的平遥人都住到镇上新盖的房子里去了。

终于找到了预订的客栈，庭院深深，精巧的木雕、砖雕和石雕配以浓重乡土气息的剪纸窗花，栩栩如生。斑驳整齐的青砖，黑檀木的中式窗楹，花砖砌成的精致屋檐，无处不透露着独属于晋地古宅的精致和古朴。老板娘操着浓重的四川口音留我吃晚饭。考虑到天色已晚，又的确有些饥肠辘辘，我便点了一个当地特色的栲栳栳和平遥牛肉。没想到，几筷子下去，碗就见底了。老板娘又竭力向我推荐平遥古城的演出：咸阳的升堂表演，城隍庙的祭祀表演，平遥大戏堂的演出，梦回平遥演出。她特别推荐的是一个被人热捧的大型实景演出——又见平遥。她滔滔不绝地向我介绍："这是一个血脉传承的历史故事。采用实景演出的模式。大家边走边看，很新颖的一个演出哦，特别震撼。"一听 298 元一张的票，我还是犹豫了。

晚饭后，灯光亮起来了，我去风情一条街上闲逛。街上特色餐厅酒吧、音乐茶座比比皆是，真是让人目不暇接、迈不开脚步。夜色中红灯摇曳，一家家装饰别致的酒吧茶座里歌声渺渺，远来的游客三五成群坐在迷蒙的灯光下，或听歌或聊天，高兴了自己上台唱一曲弹一首。坐在酒吧门口的小椅子上，我不禁惘然，这究竟是在风情万种的夜上海，还是在千年的三晋古城？

……

从厦门坐3小时的车，来到南靖县，这里的土楼一座挨着一座，倚山偎翠，方圆错落，似古堡巍峨苍朴，又如现代体育馆气势恢弘，像地下冒出的“蘑菇”绚丽多彩，赛从天而降的“飞碟”壮观神奇，这就是独一无二的世界民居——南靖土楼。土楼有五个之最：汇集了现存最高、最大、最小、最奇特、保护最完好的土楼；六种功能：聚族而居，教化娱乐，安全防卫，防风抗震，防火防潮，冬暖夏凉；七大特点：源远流长，数量众多，形式多样，结构奇巧，规模宏大，功能齐全，内涵丰富；八种形状：圆形、方形、椭圆形、弧形、扇形、交椅形、曲尺形、马蹄形；最小九米：最小的土楼——翠竹楼直径只有9米；十世之久：南靖土楼产生于11世纪以前，距今已有1000多年的历史。

其中，承启楼，系土楼之王，据传从明崇祯年间破土奠基，至清康熙年间竣工，经历3代帝王，历时半个世纪，其规模巨大，造型奇特，古色古香，充满浓郁的乡土气息。用一句话概括为“高四层，楼四圈，上上下下四百间；圆中圆，圈套圈，历经沧桑三百年”。

走近承启楼，正面大门除了在门楣上刻有楼名外，两边楹联上镌刻着：“承前祖德勤与俭，启后孙谋读与耕”。全楼由4圈同心环形建筑组合而成，环环相连。全楼按《易经》八卦进行布局，外环、二环、三环均分为8个卦。

外环为主楼，高4层，直径73米。底层和二层不开窗，底层为厨房，二层为粮仓，三、四层为卧室。每层72开间，含门厅、梯间。除外墙和门厅、梯间的墙体以生土夯筑之外，厨房、卧室的隔墙均以土坯砖砌成。屋檐以青瓦盖面，上面可用于晾晒农作物。屋檐下，用杉木板按房间数分隔成一个个小储藏室，方便劳作一天的住户一回家就可以拿起储藏室里的干净衣服去土楼里的公共浴室冲个凉。

第二环高2层，砖木结构，每层40开间。除正面和东、西两侧各以一个开间作为通道外，其余各间与前向的小庭院、青砖隔墙围合成小院落，院落的厅堂即二环的底层为客厅或饭厅，楼上为留宿客人的卧室。每个院落各开一门，与三环后侧的内通廊相通。院落后侧即外环底层的厨房，饭厅对面用青砖建浴室、卫生间、杂物间，高约1.8米。浴室、杂物间与外环以鹅卵石铺面的小庭院相隔，以若干大块、端方的青石板铺设通道。

第三环单层，砖木结构，32开间。在此办私塾，并以此作为女子的书房。

第四环为祖堂，单层，比第三层稍低，使全楼形成外高内低、逐环递减、错落有致的格局。后向的厅堂与正面两侧的弧形回廊围合成单层圆形屋，中为天井。祖堂雕梁画栋，正面对着大楼门，门面两侧饰绘画和精美的砖雕；厅堂东西两侧各设一小门与全楼东西走向的通道及外环东西面的两个边门相连。厅堂后向上方和前向屋檐下悬挂清代至20世纪80年代一些名人赠送给该楼的题匾；两侧两对石柱上镌刻警示子孙后代的楹联："一本所生，亲疏无多，何必太分你我？共楼居住，出入相见，最宜重法人伦。""天地人三盘，奥妙无穷；助人间为乐，造福万年。"由此可以见证楼主世代立家、做人的理念和曾经有过的辉煌。每逢重大节日，土楼的居民还会会聚于此，祭奠祖先，共聚天伦。[①]

土楼以它的独特神奇以及历史悠久、风格独特、规模宏大、结构精巧等特点屹立于世界民居建筑艺术之林。它是东方文明的一颗明珠，是世界上独一无二的神话般的山村民居建筑，是中国古建筑中的一朵奇葩，更是绝无仅有的奇迹。

客家土楼的魅力不只在于建筑，更在于其代表着的客家文化。参观承启楼，正值华灯初上时分，城墙上袅袅的炊烟溢出饭菜的喷香，客厅里导游的女儿正埋头写着作业，导游的丈夫

① 参考百度百科。

扛着农具从田里归来。据导游介绍，现在承启楼里住着 40 多户，共 200 多人，他们是土楼的传承者，见证着土楼的现在，又构建着土楼的未来。他们与土楼一起，成为了客家人生活的缩影和活化石。因此，一部土楼史，便是一部乡村家族史。

但是，被土楼深深震撼的我不禁忧思，不知道，会否有一天，南靖的土楼也会一个个变成商业的堡垒和重镇，像平遥一样，仅留下为生计而吆喝的生意人，仅为旅游业的兴衰而留存于世？

在钢琴之乡的梦里入眠

她，素有“海上花园”的美誉，又因完好地保留了许多具有中外建筑风格的建筑物而被称为“万国建筑博览会”。在她的西南方有一块礁石，每当涨潮时，浪击礁石，声似擂鼓，因而得名“鼓浪屿”。屿上，冈峦起伏，碧波、白云、绿树交相辉映，处处给人以静谧恬静之感。沿阶而上，海棠低垂而绚烂，风中传来风信子的花香；转角，各种美食飘香四溢；阶下，浪涛拍案，轮渡鸣笛；夕阳西下，被落日余晖笼罩着的小岛，从一栋栋建筑的窗口传来悠扬的钢琴声，伴着海风，琴声轻轻飘扬，回荡在小巷的深处。寄一张明信片，那是遗落百年兴衰的故纸；盖一枚印章，那是封存当下的念想。

鼓浪屿的轮渡码头，外形就像一台打开琴盖的钢琴，让人一踏上岛屿就能感受到这里独有的琴韵。岛屿上人口约2万，早在一百多年前，西风渐进，钢琴便传入了鼓浪屿。即使是在物质匮乏的20世纪五六十年代，岛上就拥有50多台钢琴。现在，全岛拥有钢琴两百多架，平均十多户家庭就有一架钢琴，钢琴密度居全国之冠，钢琴之乡的美誉由此而来。

许多闻名中外的音乐家在这里诞生和成长。“鼓浪屿给了我一个好的开始，它是我音乐的摇篮。”著名钢琴家殷承宗曾这样形容鼓浪屿对于他的意义。作为从鼓浪屿走出去的钢琴家，同时作为新中国的一个时代偶像，殷承宗的名字是这座“音乐之岛”的重要组成部分。1941年，殷承宗出生于绿影摇曳中的鼓浪屿鸡山路十六号殷家住宅，这是一幢始建于20世纪二十年代、外形优雅的欧式小楼。小楼里的殷家是一个具有浓郁艺术氛围的家族，殷承宗同父异母的姐姐殷彩恋曾赴美学习声乐，录制过数张唱片，她是家族第一个受过西洋音乐系统训练的人，并影响了殷氏家族。7岁时，殷承宗正式学习钢琴演奏，幼时就成为了教堂唱诗班的一员，到如今，300首赞美诗他大多还能记诵。殷承宗说：“就像小孩学习语言一样，不用学文法。”这是一种根植于基因的学习体验。9岁那年，他在鼓浪屿的毓德女中礼堂举行了一场钢琴演奏会，在海岛引起轰动，300

张门票抢购一空。12 岁时他以第一名的成绩考入上海音乐学院附中，离开鼓浪屿，从此鼓浪屿成为了他的乡愁。如今，他又回到了鼓浪屿，他的“艺术人生展览室”位于鼓浪屿日光岩琴园的最高处，殷家的欧式小楼也成为了他的音乐工作室，他说在这里创作“很容易有灵感”。① 站在日光岩上举目远眺，葱郁绿树掩映着红瓦白墙，错落而有序；耳畔，海浪伴着琴声，悠远而绵长。

除了殷承宗，鼓浪屿还孕育了不少蜚声乐坛的钢琴家和音乐家：中国第一位女声乐指挥家周淑安；歌唱家林俊卿；钢琴、小提琴演奏家许斐星、许斐尼、褚耀武；男中音歌唱家殷承基等。

海浪拍岸，穿过蜿蜒曲折的四十四桥，拾级而上，叮叮咚咚的钢琴声由远而近。推门而入，40 多架精美绝伦的古钢琴赫然入目。这里的每一架钢琴的琴架都是欧式风格的镂空设计，上面雕刻着玫瑰浮雕，非常精致，给人以沉稳和安详的感觉，它们就像是一位位极富有内涵的女士，那么的优雅，那么的矜持，仿佛还带着一点蒙娜丽莎的微笑。站在这些钢琴的面前，甚至还能感觉到从钢琴内散发出的阵阵幽香。

① 参考《鼓浪屿钢琴家殷承宗：音乐声在减少，这里不应只是纯粹的景点》。

克莱门蒂19世纪初制造四角钢琴身为世界最大，音响最为洪亮；钢琴制造大师舒楠1906年制作的双键盘的古钢琴有4套琴弦，8个踏板，两层琴键，且黑白琴键颠倒；另外，博物馆里还有琴内镶有三个皇冠的皇室御用钢琴；勃德制于1878年，琴腿为S形的钢琴；街头艺人卖艺的手摇街头钢琴以及世界上零件最复杂的风琴。① 许多钢琴经历两次大战岁月，作为装饰物的烛台灯饰也有百年以上的历史，参观一次钢琴博物馆，相当于浏览了一遍世界钢琴发展史，令人不得不感叹造琴师巧夺天工的技术。这里的钢琴不仅历史悠久、种类多样，而且奇特。一台1928年美国制造、脚踏自动演奏钢琴"海那斯"，用一卷卷打孔的古琴谱逼真地弹奏出贝多芬、肖邦、勃拉姆斯的作品，成为博物馆的背景音乐，与鼓浪屿的拍岸涛声相依相伴。

走出钢琴博物馆，月牙初悬，小巷里又传来娴熟细腻的钢琴声，侧耳倾听，弹奏的正是德彪西的《月光》奏鸣曲，在这样的海上，在这样的月光下，一切都刚刚好。

今夜，我在鼓浪屿的怀中安然入梦……

---

① 参考百度百科。

美若“云水谣”

镂花的大铁门徐徐打开，20 世纪 40 年代的大户人家，窄窄的楼梯上，他们擦身，又转身，相视的一刹那，眼中满是明媚的春光。他将玫瑰花插在铁门上，这一刻，注定了此生难解的情、缘、爱，无悔与无奈。他叫陈秋水，年轻俊朗、潇洒倜傥，上起课来谈笑风生、妙语如珠，能逗得人咯咯直笑；她叫王碧云，貌美如花，情窦初开，拿起画笔来才华横溢，妙笔生花。为了补贴生活，台大医学院毕业的他走进了她的家，成了一名英语家庭教师。老式的吊扇咯咯吱呀，老式的留声机金曲低回，欧洲风格的落地窗映射出两人妖娆的身姿。这一刻心与心贴得如此之近，近得只能听到彼此的呼吸，短而急促，澎湃如潮水汹涌；这一刻世间除了彼此而无他，是邂逅，也是终身。

但是，清新超然、一尘不染的爱情注定不为世俗所接受，两个年轻人私奔到了台湾乡下。弯弯的溪水静静流淌，溪边的女子头戴斗笠，袅袅婷婷。水车静静伫立，转了一轮又一轮；百年的榕树盘根错书，枝繁叶茂，如华盖般撑开。鹅卵石路高高低低，蜿蜒曲折。溪水时而静谧，时而湍急，溪上的石桥如雕塑般厚重敦实，溪边的房子青砖黛瓦，吊脚楼、竹竿楼、府第式土楼等风姿绰约。

陈秋水家的客厅陈设简陋，门墙斑驳，遍地苔痕。餐桌上，粗茶淡饭掩盖不住她的浅笑低语。借着昏暗的油灯，他说“让我好好地看看你”，她穿着他母亲的嫁衣低眉笑迎。碾米房里，黄澄澄的稻谷堆成小山，秋水与碧云的爱爆发了，一切是如此自然，一样的风华正茂，一样出众的才华与美貌，当清澈的眸子遇上浓烈的红唇，两颗年轻的心怦然而动，激烈撞怀。

浓烈的真情躲得过世俗的反对，却逃不过命运的藩篱。适逢台湾地区局势动荡，作为热血青年的陈秋水加入了左翼阵营，他说过“我觉得我就像鲁迅先生说的那种人，一个生在破落户的飘零子弟，一个叛逆者，一个勇敢的斗士”，他要“让更多的人过上更有尊严的生活”。为躲避迫害，他从台湾地区辗转去到大陆，他们不曾想到，自此两个相爱的恋人便被无情的现实分隔两岸，唯有坚守着“我会等你”的彼此誓言相互思念对方。分别的时刻，他们又来到了爱情迸发的“云水谣”。大雨滂沱，噙着泪水，他们抱头痛哭，她将贵重的钢笔留给他，嘱咐他用这支笔给她写信。默默含泪，相对无语，凝望彼此，她将一枚订婚的戒指套在他的无名指上，两人瞬间泪奔。短短5分钟，却是永恒——她说“记住，今天是王碧云和陈秋水订婚的日子”，他说“我会记住，要是我忘了，就是我不在了”。波涛汹涌，一个大浪打在秋水乘坐的帆上，海天为证，秋水在狂风暴雨的夜航船上眺望远方，渐行渐远。

从此，天涯相隔，杳无音讯，他为她找遍了她可能去进修的大陆的美术学校；她为他找遍了全台湾地区的监狱，“活要见人，死要见尸”，只要有与大陆有往来的人，她就去拜托他们打听。多少次，她不顾家人和未来婆婆的劝说，坚定地说“我要等他”。

与台湾失去联络的陈秋水，为思念母亲徐凤娘与恋人王碧云而将名字改为徐秋云。作为军医的他奔赴朝鲜战场，饱经战争与炮火的洗礼。一边怀着保卫家国的热血豪情，一边默默思念海岸对面的亲人。此时他结识了单纯可爱的战地护士王金娣，就像他与碧云一样，这个小护士第一眼就爱上了陈秋水，开始了对他执著的追求，在战争结束后一直追随已援藏的他到了西藏当地的医院，并将名字改为“王碧云”陪伴他。由于海峡两岸的分隔，又几度寻找王碧云无果，在这种绝望中，王金娣的真情如同一道曙光照亮了陈秋水，陈秋水最终与她结婚了。新婚之夜，他依然没有忘掉她，两行泪盈盈。“今生今世他要见不着你，来世，我陪着他去见你”，新娘道出了他的心声。

此时身在台湾的王碧云则以儿媳的身份主动担负起照顾陈秋水母亲的重任，开始了漫长而无望的等待。村中古道阡陌，芭蕉叶含翠欲滴，她和他们的母亲站在吊脚楼上，翘首期盼，望穿秋水，“我哪里也不去，我要在家里等秋水”，依然是等不来的音讯与等不到的归期。她发誓要用一生来寻觅爱人的踪迹。古道悠悠，思念悠悠，碧水青青，如她的眸子。百年榕树群巍然耸立，蔚为壮观，榕树下一条被踩磨得非常光滑的鹅卵石古道伸向远方……

时间转眼到了 1968 年，她终于得知了他的消息——陈秋水和妻子双双殉难西藏雪山，她再也压抑不住内心，放声痛哭。

近 60 年过去了，一生未嫁的王碧云已两鬓斑白，但那段纯真美好的爱情仍然深藏在她的心里。家中墙上悬挂的人物画像是年轻的时候她为爱人陈秋水画的肖像，古董花瓶、老式钟表、旧时的电话、古董架上的收藏都透着古朴的风格，流露着怀旧的风情，是她为了爱情的信念，至死不渝的写照。坐在轮椅上的她，激动地将画卷上的山峰用白色乱涂一气，雪崩带走了她的挚爱、她的希望、她的一切，她的精神世界崩塌了。庭院里，一对蝴蝶相互追逐，好似他们两个，在精神的世界里双宿双飞。

片尾处，一只飞跃重重峻岭的雄鹰展翅高飞，飞过了梯田，飞过了雪域高原，飞向了爱情萌生的云水谣。

今天，云水谣已经因为秋水与碧云的爱情故事名扬海外，茶山、长亭、古道、小桥、流水、人家，美得如一幅油画。乡村小路上、家门口、河岸边，狗狗或逍遥散步，或撒欢玩耍，或闭目养神。鸭子在河水中欢畅地游动，老母鸡自由自在地在土楼前的空旷地上寻寻觅觅，这样的慵懒、这样的自在和闲适，不由你不停下匆忙的脚步。黄色的土楼和有着同样色彩的民居遥相辉映，远处的山峦云雾飘渺，近处的田园蛙鸣声声。走在这样的地方，你的心一定会清澈透明，如这溪水。伴着清清的河水，走在鹅卵石铺成的沿河栈道上，心中积累的所有重负都会随哗啦啦的流水声逝去。这里没有人来人往的景象，任由你逍遥自在地漫步古道、村落、围屋。河堤上一棵棵古老的大榕树静静地守候在岸边，树荫下写生的学生用手中的画笔描绘着古朴村落的别致和古韵。在这儿，你可以什么也不做，只是坐在榕树下舒舒服服的看着流水出出神、发发呆，也可以看着鸭子在河中尽情戏水，扑棱扑棱溅起的水花，让心随水波荡漾。更可像孩童一样做个没心没肺、天真无邪的人，任自己的身体、情绪跟着河水撒欢。在这儿，你不必理会外界的一切，只需悠悠地品味这散淡且无所事事的一种自然生活状态，在绵绵细雨中，把美好的心丢在了这里，把记忆留在心里。

云水谣，一个照得见内心的地方，一个能够守候清澈心境的地方。

云南

云南丽江束河古镇

远眺丽江古镇

大研纳西古乐

我在云南迷了路(一)

清晨在一片鸟语花香中醒来,沿木楼梯下来,透过老旧的雕花木窗,仰望白云下的青砖乌瓦,霞光从凝结的浓雾中穿透出来,剪下一个妖娆的影子赠予我。天井里挺拔的古木盘根错节,展开的枝丫迎着初升的朝阳向上再向上,似乎要将那湛蓝的天空捅破一般。雾气依然很重,将这里的一切都蒙上了一层薄纱,朦胧着眼中的朦胧,诗意着心底的诗意。麻雀的鸣叫划破天际,惊醒了沉睡中的青梦,其实就这样躺着或窝着也很好,不用去赶早班的地铁。厨房里飘来米粥的清香,喷香喷香的,盖过了天井里的花香,滋润着我的味蕾。

踩着被岁月磨得光亮的石板路,历史的古歌中飘散着这个春季温暖的馨香,深深的马蹄印里盛满了缤纷的落英。石街依山随势，辐射开去，街巷相连，四通八达，主街傍水，小巷临渠，300多座古石桥与河水、绿树、古巷、古屋相依相映，小桥、流水、人家的美学意韵在这海拔千米的高原上绽放开来，恍然走进了20世纪二三十年代的中国城镇，分不清是林海音的城南、鲁迅的绍兴、还是沈从文的湘西，若不是远处的玉龙雪山和时隐时现的高原反应，我真以为自己是身在江南的某个古镇了呢。

夕阳西下，临街的客栈里绿柳蓝天，我靠窗而坐，挥洒着我的寂静，奢侈着我的时光。窗外明清建筑“三坊一照壁，四合五天井，走马转角楼”式的瓦屋楼房鳞次栉比，布局精巧，雕绘精美，外拙内秀，玲珑典雅。院内形态各异的盆景，使古城“丽郡从来喜植树，山城无处不飞花”的美誉更加名副其实。曲折蜿蜒的河堤，变幻多样的花窗，婀娜多姿的石桥，婆娑摇曳的柳条，营造出了一方清淡雅致的乐土，一个隔绝尘嚣的世外桃源；在这里吟诗作画、对酒当歌、听风赏月是何等风雅之举。

院外的小石桥下飘落的花瓣顺水流而下，欢腾着去赶赴她的盛宴。发源于城北象山脚下的玉泉河水穿街绕巷，流布全城，形成了这“家家门前绕水流，户户屋后垂杨柳”的诗画图。普洱茶的香味飘溢在空气中，使高原的空气显得越发清冽；啜饮入口,感觉圆润、亲切、自然,满口芳香、回味无穷,想来要是用玉龙雪山的雪水来冲泡的话不知道该是何等的香醇甘滑了。不远处,纤纤的细手在织布机上来回穿梭,咔嚓咔嚓的声响奏出有规律的曲子,飞旋的速度将古老的技能变成了艺术,看得人好生叹服。“三眼井”边,头戴斗笠、身着扎染的妇女们,挑水淘米,洗菜漂衣,不知怎么地让人想起《浣溪沙》这个词牌名来,这上池饮用、中塘洗菜、下流漂衣的妙用更显示出丽江人的超然智慧。

华灯初上,一轮圆月悬挂在狮子山头,山上的空气稀薄而越显清新,山脚下淙淙的流水在这里拐了个弯,载着盛满祝愿的莲花灯漂向远方……涓涓的水声,让那些古老的故事随它流淌;这里的月色能抚平心底的忧伤,这里的流水能涤荡世事的无常,流水嘀嗒,仿佛一阙轻柔的歌。头上星光熠熠,脚下烛光点点,不知从何处飘来一曲悠扬的葫芦丝,苍凉哀婉,轻轻荡际耳畔……

走进丽江,你会忘记自我,抛弃那红尘之烦恼,笑看那秋月春风。

走进丽江,你会寻找到自我,触摸心底最柔软的神经,明白自己最想要的生活。

走进丽江，就是走进了恣意悠闲的假日，俗世的一切忧愁都被抛得远远的，时光仿佛停止了脚步。

……

车窗外丽江古镇离我渐行渐远了，明天的午后依然会有阳光，却不会再有悠游的发呆；梦在远方，记忆似水年华……

我在云南迷了路(二)

一部名叫《一米阳光》的电视剧把我带到了云南,确切地说是云南的丽江古镇。穿过了绵延起伏的云层,走过了叮咚作响的青石板路,大研丽江古镇就在眼前了。

从随意选择的小巷往里,高高低低的青石板路在延伸,逼仄的小巷在开阔;初升的太阳沿着翘起的屋角射下一道道迷人的金光,洒在银质的器皿上,炫晕了眼睛。肉夹馍的香味从卸下的门板间飘散出来,五颜六色的丝巾随风招展,民俗造型的风铃发出叮当的声响。有人说四通八达的巷子是神秘的,每一个都沉淀着一个古老的典故,有人说在古镇中走是不会迷路的,因为每一条巷子都可以通往所住的客栈。

太阳升高了,小店的木板门被一块块地卸下,古镇的面纱一点点地展开在面前。这里的客栈以木质四合院结构为主,多为上下两层,镂空雕花窗格继承了苏州园林花廊移步换景的特色,不同图案的窗格变换着视线中的景致,本身也构成了风景的一部分,让人不经意地想起卞之琳的诗句:"你站在桥上看风景,看风景的人在楼上看你。明月装饰了你的窗子,你装饰了别人的梦。"沿石阶而上,抬眼望去,翘起的檐角鳞次栉比、一排连着一排,一望无垠。石阶下,客栈的经营者们翻着价目表,津津乐道地和游人来回议价。古镇上所有的房子几乎都被用作开店铺或客栈。庭院里,凤仙花开得正是烂漫,曾经的当地人在古镇外过着他们向往的城市生活,四川、贵州的城里人来到这里经营着他们仿古的人生。

"撒下最后一朵雪花,就该是离去的时候了;皑皑白雪,从来只是画中底色,即使偶有几个梅花脚印,也只是风无心的点缀……"墙上行者留下的笔墨羁绊了客人的脚步,点亮了游者的眼睛,荡漾了大家的心怀。街上的游人越来越多,拉客去各处游玩的兜售声也越来越响,四方街成了热闹的市集。咖啡的香气从街角漫溢过来,咖啡馆门前的露天吧里人们上着网,悠闲地享受着高原的日照。仔细听,在这里你能找到各地的方言和英、德、法各国的语言。百年的古镇,演绎着现代的小资生活，犹如上海新天地的石库门里飘出现代的爵士乐与波尔图葡萄酒的酒香。卸去了厚厚的木板门，便利店里已是人来客往，货架上琳琅满目地陈列着各地的商品，若不是头上复古的匾牌提醒，我还真以为自己置身于都市里的“快客”或是“好德”了呢。银器作坊里古色古香的耳环让我爱不释手，本以为可以装扮一个香艳的自己，可回到上海后戴了没几天，色泽就暗了下来。玉泉河旁的酒吧里，零星坐了些客人，白天的这里是幽静的，热闹是属于晚上的；响彻云霄的对歌、水泄不通的人群、热烈喧闹的划拳沸腾了古镇沉寂的夜。

昔日人来客往的“白马龙潭”早已干涸，留下斑驳的池子供后人瞻仰。过去是为物资和文化的融通，过后是为凭吊和怀古的感慨。今天的马帮不再浩浩荡荡地翻山越岭、穿街走巷，马脖上铃儿不再叮叮当当地清脆碰撞，远去悠扬；碧草茵茵的河边湾旁已没有了赶马人随口开唱的调儿，夜深人静的山道上再不见如同暗号般地马灯闪亮。谈笑间，有几匹马首尾相连、缓缓地当街而过，赶马人一手拿着长烟杆，一手牵着马儿，铃声伴着蹄声，昨日的景象似乎又浮现眼前。昔日的茶马古道早已不再担负连通中外贸易的职责，蹒跚而行的老马在驮着游客穿梭古道、探索猎奇的同时更在为主人增加着年终的收益，人类不灭的求索与凭吊和怀古的感慨到此已戛然而止。茶马古道渐渐从现代社会中隐退了，只留下些模糊的概念来追忆它……

古镇外的短线游旅行社、丝巾蜡染民俗服装店，还有小商小贩沿街而立，将整个古镇包裹得严严实实。马路上车水马龙，三轮面的、旅行社大巴、拉客的私车川流不息，拉客的吆喝声此起彼落、连续不断，各色的旅行社三角旗在丽江的上空相互辉映。拐了个弯，传来刀郎的歌声，忽高忽低的旋律、沙哑回转的嗓音，混杂在摊贩此起彼伏的叫卖声中。喇叭里奔放的街舞音乐穿过几条巷子，引来越来越多的人流，“班尼路”的路演正如火如荼地上演。空气中若隐若现肯德基鸡腿的香味，抬头，一个男孩正捧着个全家桶啃得津津有味，光亮亮的油腻挂在红扑扑的小脸蛋上。迎面又跑来几个穿藏服的小朋友，拽着我的衣角不肯放开，德芙巧克力漂亮的包装无法征服他们幼小的心灵，勉强掏出一元钱和他们合影一张才终使他们攥紧的手松开。

踩着光滑的青石板路，忽然我发现自己找不着回客栈的路了。转过身，“德克斯”的巨幅招牌悬在头顶，摇曳的霓虹灯告诉我客栈应该就在对面的山坡上……

我在云南迷了路（三）

有人说，不到丽江不算到云南，不听纳西古乐不算到丽江，不听宣科讲演不算听过纳西古乐。在古城里最有名望、历史最长的乐队就要数宣科先生率领的大研纳西古乐队了。

于是，一路寻去，一座中间带有天井的二层前清民宅便是。门前高悬着大红灯笼，气氛古朴而又热烈。进门入院，沿墙角处放有四个大瓦缸，上面浓墨大写“乐药养生”四字，异常醒目。四合院内摆满了木椅，一直伸到周围的屋檐及走廊。正房作为舞台，上面摆满了各种道具和乐器，左边一面直径一米多的红漆大鼓最为醒目，中间搁着些稀奇古怪却又似曾相识的乐器，古朴而简陋，古雅而庄重。地上没有方砖，也不见地毯，只铺着一层新鲜松针，踩上去软软的，空气中弥漫着淡淡的松香气。

纳西古乐有“三老”，一老即古老的曲子，因为古乐队演奏的诸如《清河老人》《紫微八卦舞曲》《浪淘沙》《山坡羊》等唐宋古曲，为世所罕闻。二老即古老的乐器，乐师们手上所持乐器皆有上百年历史，如“芦管”“苏古笃”（波斯诗琴）“十面云锣”等乐器，也为世所罕见。三老即古老的艺人，乐师们大都是七八十岁的老艺人，来自不同的阶层，有退休教师、农民、马锅头（马帮头人）、皮匠等，不凡的经历，丰富的人生，是老艺人们的价值所在。

在掌声中，老艺人颤颤巍巍在纳西女孩的搀扶下缓缓上台。身穿牛仔裤，外着一身蓝色马褂的宣科走上舞台。唐明皇李隆基为新落成的太平宫亲手谱写的一曲宫廷音乐《八卦》拉开了古乐会的序幕。烛光闪烁，笙箫齐鸣，浑厚的男声齐吟，那声音如天界之乐，撼人心灵。这是中国久已失传的音乐，其旋律古朴典雅，其节奏平稳匀称，其乐音徐歇悠长。30多位纳西古乐传人端坐并以淡然的神态演奏着，细细聆听，让人感到大唐时代的雄浑气度和江南丝竹的委婉柔美。

丽江大研纳西古乐，是由“丽江洞经音乐”和“白沙细乐”所组成的。“洞经音乐”是明清时期从中原地区流传到丽江的，她兼容儒家的“雅集型丝竹细乐”与道家的“经腔音乐”，体现了中国文化的宽博与壮丽，具有超逸绝俗的韵味。“白沙细乐”相传是元朝人的遗音，原有12个调，现能演奏的只有8个调，分别是“笃”“一封书”“三思及”“美丽的白云”“公主哭”“跺磋”“南曲”“北曲”等八章，其余均已失传。乐器有笛、芦管、束古杜、筝、二簧、胡琴等。作为丝竹合奏，其独特的旋律与和声，在当今是独一无二的。

演奏会上，宣科既是演奏员又是主持人，前排正襟危坐的宣科先生时而挥臂击钹、时而闭目抚琴，一曲终了，他还会用丽江味浓重的普通话或是极为娴熟的英语串场介绍下一支曲子。

以李后主所写名词“别时容易见时难”而谱的古曲《浪淘沙》，是纳西古乐中最具代表性的曲子，它时而端庄肃穆，时而奔腾千里，配上坐部伎唱腔凄婉的歌声，句句唱出了“流水落花春去也”的失意与哀伤。幽远深沉的曲调，凄凉伤感、如泣如诉。《清河老人》也是纳西古乐最重要的保留曲目之一。这首乐曲古朴优美、典雅清丽，仿佛天外来音，使人充分领受老子清静无为、淡泊无争的德范与操守。尤其是尾声那悠然的节奏，仿佛老子骑着牛，一步一步地走出关外。音声是那样的曼妙自然，古风余韵不尽，深沉而辉煌。

纳西古乐未经污染，未曾矫饰，聆听古乐能领受到一次心灵的净化与沉淀,聆听纳西古乐使人真正感受到“此曲只应天上有,人间能有几回闻”的意境。纳西古乐这天籁之音更是一种修养身心、敦睦人伦的音乐,它清静而淡泊,超然而脱俗,在动荡与浮躁的现代社会里,奏响的正是中正平和的旷世绝响。

每曲奏毕,台下掌声雷动,台上台下心心相融。古朴的乐台,古老的乐曲,古稀的老人,时间仿佛凝固了……

抬头看,舞台两侧一副对联“乐尤药也,能活人亦能杀人;礼乃理焉,可治世亦可乱世”格外醒目。台上横梁处悬挂着一排十几位老先生的照片,这些都是已经乘鹤仙去的乐队成员。令人唏嘘的是古乐社平均每年都要逝世两个人,最近的两位还来不及挂上……

演出结束了,人们散场离去,人声鼎沸、座无虚席的四合院内又沉静了下来。随着离场的人流我走出院子。回头望去,宣科老人依然精神矍铄地给热心的听众解答着什么,虽然有些形单影只,却许了我一个坚定而挺拔的背影……

鲁、黔、川

贵州黄果树瀑布

山东烟墩角的天鹅湖

四川乐山大佛

烟墩角的天鹅之歌

你是万物幻化的精灵，
你是落入凡间的天使。

你展开双翼，将湖面翻腾起白浪；
你在白浪里嬉戏，白浪在你的翼下欢腾。

我驱车万里，只为与你相会；
跋山涉水，在所不辞；
舟车劳顿，终于见到了你！

旭日东升，

你仰天长啸，引吭高歌，
百鸟应和你的歌喉，你回响长空的乐音。

血色残阳，
你扑腾羽翼，搅动余晖，
斜阳映红你的鬓角，你粼粼静静的波光。

新月如钩，
你踯躅脚尖，挪动碎步，
跌宕黑暗，荡漾幽远，
夜色勾勒你的身段，你平添夜的静谧。

不论凌波微步，还是袅袅婷婷，
你都是优雅的代言，
柴科夫斯基为你讴歌，
圣桑为你礼赞！

你是比翼双飞、情比金坚的象征；
你是吉祥与圣洁的代名词；

你是我心中最美的生灵，
我要用诗，用歌，用画，用我所会的一切赞美你，
天底下最美丽的白天鹅！

黄果树之“大”

2010年10月3日，顺着国庆长假游的人流，我来到了著名的旅游胜地贵州黄果树瀑布。明代著名地理学家、大旅行家徐霞客曾这样描绘它：“翻崖喷雪，满溪如白鹭群飞”“捣珠崩玉，飞沫反涌，如烟雾腾空，势甚雄厉”。

进入景区，远远地就能听到水流的声响，不是涓涓细流的叮咚声，不是浪涛拍岸的“声如洪钟”，而是哗哗哗的冲击声，冲击耳膜，直击心底。这訇然作响的瀑布声，宛若高亢激昂的歌曲一般，既悦耳动听，又振奋人心，感觉山谷在张开，心胸在扩展，视野在开阔。如此壮丽神秘的黄果树瀑布，就泻落在一片群山环抱的峡谷里。

背着相机拾级而上，从婆娑的树杈间隐隐约约能窥探到瀑布的身姿，虽是“犹抱琵琶半遮面”，但能明显地看到和陡坡塘瀑布如梯形般的横截面不同，也不似螺丝滩瀑布的小巧灵动，黄果树犹如一位高大挺拔、威武有力的壮汉，正襟危坐，水流从山顶倾泻而下，飞奔入潭，一往无前，一泻千里。从下往上看，瀑布就像一块白纱披在青山少女的身上，又似老人白雪般的银发一落千丈。瀑布那强有力的节奏，如同一支交响乐在我耳边回荡。它的美是无法形容的，就像一颗未经雕琢的钻石，那样晶莹，那样纯朴。不时有雨点星子似的水汽掉落在头发丝上。

沿着石阶蜿蜒向上攀登，山里的水汽更浓了，我用单反相机不断捕捉着黄果树的侧影，从树缝中对焦，时而曲折妖娆，时而刚劲笔直。水声时而隆隆作响，时而悄然闪退，黄果树此时如一位娇羞的少女，正和我捉着迷藏。

走着走着，哗哗的声响越来越大，空气中的湿度也越来越重，溅起的水花闪银亮玉，如雨雾般，不间断地腾空飞起，随风飘散，弥漫天日，甚为壮观，仿佛是无数晶莹剔透的珍珠在阳光下跳跃。瞧，冲撞而起的水花有时竟高达数百米，渐渐飞落在四周的山上树上、水里岸边，甚或游人的脸上。

循声而去，突然一幅壮丽的山水画卷赫然在目，只见偌大的银色瀑布从天而降，垂挂于蓝天之下的山谷中，像天河潮水般汹涌而来，像战马奔腾长声嘶鸣。没错，它就是黄果树了！在蓝天白云、青山绿树的映衬下，又宽又白的大瀑布好像一匹匹白绢，由高级丝绒精制而成，精致极了。看，那一匹匹白绢，仿佛正从织布机上飞快地滑下来，连绵不断，无穷无尽。而偌大瀑布四周氤氲着浓浓的白雾，或浓或淡的雾气不停地升腾飞散，增添了些许神秘的色彩。那“哗哗哗哗”的瀑流水声，便成了成千上万架织布机一起合奏的交响曲。此时，天地之间好像仅存一片喧嚣不止的水声了。①

沿着山崖往前，水帘洞就在瀑布的后面，瀑布好似水帘洞的巨形窗帘横挂。洞内有 6 个洞窗，5 个洞厅，3 个洞泉和 1 个帘洞瀑布。穿洞而行，只见洞洞连环，曲径通幽，烟霞照耀，祥瑞蒸熏，虚窗静室，石凳生花，龙珠倚挂，满地奇葩。正值老天下着细雨，雨水从洞顶滴下，满身湿透。从洞中向外看瀑布，如银河从九天飞下。听导游说，每当日下西山，凭窗眺望，犀牛潭里彩虹缭绕，苍山顶上红霞万般，迷离变幻，洞内观日落，美不胜收。

我不得不叹服大自然的鬼斧神工，运用他那神手妙笔，绘成了“银练云端挂，飞瀑天上来”的天下奇观。

---

① 参考曹裔《黄果树瀑布》。

沿着西侧石阶缓缓地往下走，径直来到瀑布之下的谷底。随意坐在水边一块岩石上，离那道大瀑布近在咫尺，仅仅只间隔着一个清澈见底的绿潭，好像一伸手，就能把瀑布撩过来擦把脸。抬头仰望，瀑布飞流直下，注入谷底，激起无数细小的水珠。那些细微的水珠儿，飞洒到我的脸颊上，透着一丝丝的凉意，感到特别清爽惬意，舒服至极。①

置身于谷底，宛然身处一个半圆形的乐池，乐在其中，其乐无穷也。水跌落深潭，时而白浪拥象，崩浪万寻，腾飞起一片烟雾，漫天浮游。时而跃起根根水柱，如云垂烟蒸，玉龙飞渡，似万练倒悬，幻景纷呈，奇妙无穷；每当水激石岸，因高空作浪，又发生轰隆巨响，如千军喊阵，万马酣战，使你感到大自然之力的阳刚之美。美妙音乐，不绝于耳，人就像聆听天外仙乐一般，超凡脱俗，洗涤心灵，似乎每一个细胞都充满了活力，都具有非凡的想象力和创造力。

听导游介绍，黄果树一年四季都如花似锦，如诗似画。黄果树的形态因季节变更而异，春天如银如玉；夏天喷金吐翠；秋天水涨，倒泻得撼天动地，激起的雪沫烟雾高达数百米；入冬水小，轻轻下泻，显得妩媚俊秀；晴时虹飞霓耀，雨时雾霭飘逸。

---

① 参考曹裔《黄果树瀑布》。

坐在潭边小憩片刻，忽然一队小贩向我拥来，“10元一张，随拍随取”。拗不过他们的热情与执着，我也拍了一张，上面赫然印着“世界四大瀑布之一黄果树”。我很好奇，黄果树究竟与世界哪三大瀑布并立世界瀑布之林？而所谓的“大”究竟是指高度、宽度还是水流量的数据对比呢？翻阅了许多资料，才发现并没有哪家权威机构给出过这样的排名，所谓的“世界四大瀑布之一”看来也不过是当地人的“孤芳自赏”和“沽名钓誉”罢了。我想，黄果树有其自身的美，霓虹下能如多棱镜般折射出奇幻的色彩，就是其独占鳌头的美。我曾经夜游美国一侧的尼亚加拉大瀑布，那里需要靠灯光才能变幻出不同的色彩。因此，我认为黄果树瀑布应该有足够的民族自信，根本不必去攀附那些莫须有的头衔，不必挤破头皮去沾“大”的光，去蹭所谓排名的热点。陈果老师说过：“把自己活成一束光，先熠熠生辉，再照亮别人。”黄果树本身就是一道光，一道闪耀华人世界的光，屹立在华夏大地，吸引着络绎不绝的海内外游客。我不清楚，一个本不存在的头衔能在多大程度上提升其知名度，增加其游客量，扩大其影响力。但我认为，建设好景区本身的环境，保持其原生态，治理好旅游的大环境，管理好垃圾分类和小商贩，黄果树才能更美、更壮丽、享誉全球，更誉满天下！

愿做菩提那朵莲

趁着去四川工作的间歇，我打车奔赴心中的圣地，他就是诗人戈壁舟笔下的“山是一尊佛，佛是一座山”的乐山大佛。据《嘉州凌云大象记》载：“开元初，有沙门海通者，哀此水险……作古佛像。”唐代年间，凌云山脚下的岷江、青衣江和大渡河三江泛滥，百姓苦不堪言。慈悲为怀的海通和尚遂起意凭崖开凿一尊弥勒佛像，以普渡众生。于是，禅师云游天下，募得巨资。然而地方贪官污吏见财起意，以海通擅自建佛、破坏风水为由，敲诈勒索钱财。海通面对贪官，正气凛然地说：“自目可剜，佛财难得。”酷吏还不放过，一再相逼，海通为表明自己舍身护法的决心，就“自抉其目，捧盘致之”。大佛兴建了，海通的眼珠也没有了。当大佛修到肩部的时候，海通和尚圆寂了。这之后，大佛修修停停，历经整整90年，终于容颜焕发地矗立在乐山山麓。

走近大佛，我深吸一口气，太震撼了，太壮阔了，太雄浑了，太伟岸了！他正襟危坐，颔首低眉，双手端放在双膝上，凝神静气，远眺三江。他头与山齐，脚踩江水，高有71米，比阿富汗世界第一大佛还高18米。他的脚背宽8.5米，足有半个篮球场那么宽，可围坐百人。他的十个脚趾并列，从膝盖到脚背有28米。站在九曲栈道由下往上望，最夺人眼球的是那对大大的耳朵，耳廓奇大，耳垂圆厚，从上至下足有7米。更让人惊叹的是他的螺髻，有1021个之多。这些螺髻看似和头部浑然一体，实则是用石块逐个嵌上去的，不由让我感叹中国古代能工巧匠的鬼斧神工。最让我难忘的是5.5米长的眉毛下的那双眼睛。他的眼神不能用炯炯有神来形容，也不能用温柔以待来描摩，更不娇媚造作，他的眼神是端正的。是的，就是端正这两个字，目不斜视，凝视着烟波浩淼的三江水，也俯瞰脚下的乐山市区。正是这双眼睛赋予整座佛像以端正的气质，他是绝壁百仞的躯干，更是悲天悯人的化身！与寺庙中的佛像不同，峻岭沟壑是他的袈裟，杂草苔藓是他的手杖。他是一尊弥勒像，却不袒露大肚皮、不笑态可掬，他身材匀称，慈眉善目，端庄大气，他的大气是立于天地间，巍巍然，煌煌也。他没有凸起的大肚，却能容下滔天洪水与惊涛恶浪。据研究资料显示，他的身体里有一整套纵横完备、隐而不见的排水系统。在他的头部18层螺髻中，第4、9和18层各有一条横向排水沟，衣领和衣纹褶皱上也有排水沟，正胸左侧的水沟则与右臂后侧水沟相连，耳背后也有洞穴相通。“大肚能容天下难容之事，慈颜常笑世上可笑之人”，他是历久弥坚的磐石，坚毅壮观的山脉，深邃广袤的天，心怀广阔的佛，良善慈悲的僧。自他伫立以后，千百年来三江再无覆舟，百姓再无水患！

苍茫大地，巍峨山岭，他以大山为庙宇，以江水为祭坛。没有金箔玉砌，他是最质朴的存在；没有繁文缛节的复杂礼仪，他是顶天立地的惠民工程。盛夏酷暑，他伫立在这里；天寒地冻，他伫立在这里；烽火连天，他伫立在这里；潮起潮落，他伫立在这里；朝代更迭，他伫立在这里；斗转星移，他依然伫立在这里。风沙尘埃风化了他的容颜，却侵蚀不了他驻守险峻的意志；星夜迷航，他是照耀航向的坐标；日晒雨淋，让他更添肃杀之感，凛然之气。日复一日，他伫立山石天地间，守护一方沃土，保佑脚下苍生；年复一年，他成了拯救芸芸众生的中流砥柱。他看似面无表情，实则饱含深情：因他，饱受涝灾之苦的平民不再有水患之忧，因他，借兴修水利为名而征的苛捐杂税不再有存在的由头，蜀地良民因此畅怀无忧。这里，没有缭绕的香火，却有最虔诚的膜拜；没有辉煌的飞檐斗拱，却有最实在的功德；没有威武的四大金刚，却有最经年的风调雨顺！这里，看不到一炷香火，一支红烛，一人跪拜，看到的是傲然身姿和两袖清风，是朴实无华与高洁品格。他是百姓的福祉，是黎民的庇佑。

高山仰止，景行行止，我愿做菩提脚下的那朵莲！

意大利

米兰维托·艾曼纽二世拱廊

意大利米兰大教堂侧面

站在米兰大教堂穹顶上

米兰斯卡拉歌剧院外景

斯卡拉歌剧院的剧目单

金碧辉煌下的血色

一直以为Duomo广场是欢乐的海洋，就像上海的人民广场，总有如织的人流和涌动的欢笑，总有慕名的游客和膜拜的心跳。去Duomo观光的那天恰逢意大利的儿童节，广场上装扮成各色人物的孩子随处可见，震天的音乐响彻广场四周，时而欢快时而舒缓；维托·艾曼纽二世拱廊（Galleria Vittorio Emanuele）前孩子们对着二层阳台发出声嘶力竭的尖叫，不时引来摄像机和照相机的“张望”，据说Blues乐队正在此地做采访。

随着人流走入拱廊，是意料中的一阵炫目。玻璃的圆顶绵延到廊的尽头，阳光透过透明玻璃窜到马赛克镶嵌的地板上，映出我的身影。本该在广场上盘旋的鸽子穿进拱廊，落在我的脚边，伴着我的脚步踯躅。分别象征欧、亚、美、非四大陆的镶嵌画展现在十字交叉部的顶端，在阳光的照射下金光闪闪、令人流连。拱廊两旁世界精品店错落有致、富丽堂皇，让人不由自主地放慢了脚步；梅塞德斯—奔驰，PRADA，LV，SWAVLOSKI都在这里圈下了属于自己的领地，即使是最大众的麦当劳也披上了最华丽的晚装、昂首出席这个名流云集的派对，难怪这里素有“米兰的客厅”之称。

因为是儿童节又是周末，拱廊里人特别多，孩子们排队把自己化妆成喜欢的卡通形象，Spider man、Mickey、小熊维尼、白雪公主随处可见；来自世界各地的游人在此“血拼”完后，怀揣大包小包的奢华与兴奋与炫耀满载而归。欢乐、荣耀、奢华、堂皇是这里的一切，我从不质疑，直到……

由于想知道关于这拱廊的更多细节，我开始上网查资料，直到我读到这句：“Giuseppe Mengoni，the architect，fell to his death from the heights of the glass dome while scrutinizing decorative details two days before King Vittorio Emanuele led the opening ceremony。”我的心颤抖了……

Giuseppe Mengoni，拱廊的设计者，在拱廊竣工揭幕前两天亲自爬上屋顶对每一项工艺作最后的仔细检查，却不幸失足坠落，让鲜血溅在了亲手创作的瑰宝上。一个艺术家为了追求心中至上的完美耗尽毕生的精力，为了无瑕杰作的诞生付出了生命的代价！也许这就是我们所说的呕心沥血吧，也许这就是我们所颂扬的鞠躬尽瘁吧。然而，在这条长廊里穿梭不息的人流中又有几个耳闻过他的名字，又有几个知道这关于艺术与生命的故事呢？他们会循着时尚杂志上的地图去找寻 GUCCI 旗舰店的方位，会用心记下乔治·阿玛尼每个时期的代表作以备茶余饭后闲聊时的炫耀之用，却恐怕很少会想到去追问这宏伟建筑的设计者的名字。从设计到完工，Giuseppe Mengoni 花了 16 年的时间。热爱艺术的意大利人让他们的设计师创作了这不朽的经典，却没有让他的名字与他的建筑一起熠熠生辉，流传于世，永驻人们心间。19 世纪中叶统治米兰的维托·艾曼纽二世在其家族府邸和米兰大教堂之间建造了这个宗教意味十足的十字型拱廊，象征政教合一的"君权神授"，并以自己的名字加以命名。这是君权的胜利！我知道。我不知道这是不是艺术的悲哀，也许艺术家本人是不在乎这些的，也许为了艺术而献身一直是他事业的准则，也许每年从世界各地慕名而来的游客已经证明了设计本身的伟大、不管它叫 Vittorio Emanuele 还是 Giuseppe Mengoni，也许作古百年的 Giuseppe Mengoni 早已因此而笑慰天国了……

在神的名义下（一）
——米兰大教堂

去米兰大教堂之前，我准备了整整一张内存给这座膜拜已久的哥特建筑。当我站在米兰大教堂前时，我发现一张内存仍是不够的，每个角度、每块大理石都让我有记录的冲动，无怪乎马克·吐温称其为“大理石的诗”，果真如此！象牙白的大理石，除了石头的质地，根本找不到任何属于石头原本的形态。作为世界上最华丽的教堂之一，米兰大教堂的内外墙上均点缀着圣人、圣女雕像，每一个角度，每一眼都是立面和雕像，仅外墙上就有3500尊之多，另有150条水道，410个大理石支架，上面也都饰有浮雕；小天使张开轻盈的翅膀，圣女绽放慈祥的微笑,圣徒面色凝重,若有所思……

站在米兰大教堂的任何一个部位都宛若置身一个尖塔林中,135 座哥特式大理石尖塔和居于顶部正中的高达 108 米的主塔相互扶持,扶摇直上,直插云霄;主塔顶端的镀金圣母像高 4.16 米,其他塔顶上都立一座真人大小的塑像,细部雕刻有装饰性的花纹,千姿百态、精细逼真、巧夺天工。整座建筑以高、直、尖和具有强烈向上动势的造型冲击人的视觉,以粗犷奔放、雄浑澎湃的力量与气势震撼人的心灵,喷薄而出的火焰式的冲力凸显哥特式建筑的风格特征,玲珑剔透的白色石雕彰显宗教弃绝尘寰的肃穆静谧。

由于正在维修,我无缘亲眼目睹大教堂正面的奇观,但据说上面遍布浮雕,每座铜门上都雕刻着与教堂有关的历史,以及各种神话和圣经故事,依次为教堂的历史、米兰的历史、San Ambrogio(米兰守护神)的生涯和君士坦丁米兰诏书。三角形的正面轮廓在无数尖塔的导引下、以无比的力量伸向湛蓝的天空,轻灵的垂直线贯穿全身,轻盈剔透,处处充满向上的冲力。

教堂内部富丽堂皇,可容纳 3 万多人。殿内高 46.8 米,长 148 米,宽 61.5 米。屋顶由 12 根高 24 米、直径 3.5 米的大理石石柱支撑,形成 5 道走廊。柱顶四周刻有 8 座石像穹隆,殿内的雕像有800多座。大厅两侧有20米的大玻璃窗24扇,高约20米,均为彩色玻璃拼缀成的圣经故事画。直升的线条、奇突的空间推移、透过彩色玻璃幻化出的斑斓的光线营造了一个超凡脱俗的境界。仰望着不断升高的穹顶,一种飘然而上、接近上帝和天堂的感觉油然而生。

是谁铸就了这雄伟的建筑?是谁创造了这哥特神话?我开始探寻历史的印迹……1386年,当时的米兰统治者威斯康提(Gian Galeazzo Visconti)下令兴建这座大教堂。1418年,主祭坛完工启用。1581年,佩莱格里尼设计了殿内的大祭坛。1774年,主尖塔圣母像建成。1796年拿破仑下令建成正墙面及所有尖塔。1805年今日所见的结构基本完成,拿破仑宣布兼任意大利国王,并在此加冕。

教堂内烛光摇曳,有人走来走去、拿着类似对讲机的东西跟上帝打电话,有人双手合十、长时间坐在长凳上忏悔祷告,有人对着祭坛上供奉着的据说是取自耶稣被钉死的十字架上的一根钉子久久伫立。

拂去大理石上的尘埃、推开厚重的历史之门,我发现在这项浩大工程建造的前后五六百年时间里,与其说是神的意志推动着教堂结构的延伸,不如说是权的力量引领其升向浩森的苍穹。主祭坛的完工是由于当时的西方教堂分裂成两派，卢森堡国王 SIGISMUND 为了重塑教廷的统一而另命名了一位教皇。1418 年 10 月 16 日这位新教皇 MARTIN V 在新完工的主祭坛上就职。16 世纪下半叶，在红衣主教 CARLO BORROMEO 的授意下设计师佩莱格里尼对原来的祭坛进行了改造，呈现出了我们今天所看到的样子。此后，伦巴底人陷入了西班牙人的长期独裁统治，教堂的建设也因此一度停滞。直到 18 世纪，伦巴底人从西班牙人手中夺回政权，主塔圣母像才得以矗立起来。1796 年拿破仑军队入驻米兰才使此前进展缓慢的教堂正面建设趋于完工。

才华横溢的设计师能将自己的智慧化作蓝图，在白色的纸上勾勒出一个圣洁的“天国”，却无力在现实的世界中将“天国”变成可以跨入的殿堂；技艺精湛的能工巧匠能在天然的石头上凿出栩栩如生的天使，却无力在百米的高空铸造一个令人仰止的圣母雕像。这项工程的每一次质的飞跃都是新势力上台的产物，都是权力斗争胜利者一手打造的成果。教堂是沟通人与神的桥梁，是俗世的人与天国的上帝对话交心的场所。然而，纯宗教的元素却无法通过纯宗教的手段来达到，即便是在天主教内部能对教堂的格局赋予“神”的意志的也是那些权力的拥有者，而所谓的“政教合一”也在这五百年中不断重复上演着……所幸的是，正是威斯康提和拿破仑的这种“政教合一”使西方的建筑史又添了浓墨重彩的一笔，使后人又多了一处洗涤灵魂、畅怀古今的神圣所在。也许从这个意义上来说，在神的名义下的权的胜利是不应该多加贬斥的……

庶民的胜利

穿过艾曼纽二世拱廊，就来到了达·芬奇广场。相对拱廊的金碧辉煌，这里要朴实无华得多。没有帝王为加冕其至高无上的统治地位而铸造的虎虎生威的雄狮，没有功勋盖世的将军为标榜其赫赫战功而树立的功绩碑，没有时尚人士、社会名流为象征其身份地位而陈列的奢华晚装。广场正中耸立着达·芬奇的雕像，四周是他的四个得意弟子的像；没有任何的装饰，唯有花坛里绽放的朵朵小花簇拥着巨匠，唯有游客瞻仰的目光寄托着人们的敬仰。鸽子散落在广场四周，悠闲地漫步，享受着人们给予的美味。橘红色的小火车从斯卡拉歌剧院门前驶过，将人们送向城市的各个角落。

斯卡拉歌剧院是1776年根据当时统治米兰的奥地利女皇

玛丽亚·泰蕾莎的命令修建的，于1778年8月3日建成，为新古典主义风格建筑的代表作。歌剧院的第一层是排成一圈的包厢，与四层普通包厢和顶层楼座围成了一个马蹄形的听众席，其中间的位置就是皇室包厢。包厢共有194个，每个包厢可坐8到10个人，所有的包厢都有走廊相连，共有座位约3000个，是世界上层数最多、音响效果最好的歌剧院。

斯卡拉歌剧院素有“世界歌剧院代名词”之称，被西方人视为“世界歌剧圣地”。卡拉斯曾在她的舞台上高歌，托斯卡尼尼曾在她的乐队前挥舞过指挥棒，威尔第曾为她谱写过最辉煌的乐章。在歌剧院落成的前150年中，有350部歌剧在这里举行了首演，其中包括罗西尼的《贼鹊》、贝利尼的《诺尔玛》、古诺的《浮士德》、瓦格纳的《纽伦堡的民歌手》、威尔第的《奥赛罗》与《法尔斯塔夫》、普契尼的《图兰朵》与《蝴蝶夫人》、柴科夫斯基的《叶甫盖尼·奥涅金》和《黑桃皇后》等。

光阴流逝，斯卡拉歌剧院几经修容。1807年后台扩展，1830年内部重新装修，1838年舞台被更新，1946年重新修复开放，1955年设有600席位的“小斯卡拉”矗立起来……今天，剧院正面那个专供贵妇和她们的骑士的坐驾进出的门洞仍在，但当年的马车早已匿迹；今天，斯卡拉的声音依然华美，但专演歌剧的制度已被打破;今天,听众席中央的皇室包厢仍在,但独占包厢的特权已被废除。这是艺术的胜利,更是庶民的胜利!

每年的12月7日,也就是米兰的守护神圣安布罗斯的庆祝日,斯卡拉都要举办节日的盛演。这一晚,无论是意大利人还是外国人、无论是鉴赏家还是门外汉、无论是社交名流还是老百姓,都会聚集到斯卡拉门前的达·芬奇广场上,男宾打黑色的领结,女宾肩挎流行的皮包;保守的歌剧迷安静地欣赏着大师对某部歌剧的理解;MTV的明星主持人则向记者们宣布她是多么热衷今晚的歌剧,而非她每个周末主持的流行音乐。

无疑地,这是一座为艺术而生的广场,一座宁静中蕴藏动律的广场,一座属于所有普通意大利民众的广场……

南非

CAPE OF GOOD HOPE
THE MOST SOUTH—WESTERN POINT
OF THE AFRICAN CONTINENT

好望角

南非开普敦地标-桌山

恋上开普敦

笃笃的马蹄声承载你矫健的身姿，
无垠的葡萄藤充盈我朗朗的笑声；

巍巍的桌山见证你捧书的专注，
鲜见的岩兔记录我一贯的福祉；

转动的方向盘操控你绝伦的技艺，
贴膜的玻璃窗朦胧我初恋的情怀；

晚霞中的风笛悠长你难得的诗意，
熠熠的橱窗流连我席地的长裙。

欢乐的企鹅岛活脱一个俏皮的你，
偌大的水族馆还原一个童真的我。

华盖似的棕榈掩映率真的你，
绵绵的细沙跌宕我独有的名。

荧荧的烛火摇曳你孩提般的纯，
袅袅的白云缭绕我无限的真。

简陋的KTV放飞你熟稔的歌，
迎风的吉普车实践我久远的梦。

翻腾的浪花映着你璀璨的笑，
点点的星光编织我斑斓的梦；

缤纷的落英刻下你含笑的眉，
宽敞的大厅留下我别离的泪。

好望角的铭牌定格浓浓的情谊，

精美的蛋糕陡增我甜蜜的回味。

淅沥的秋雨打湿我伤感的别绪，
临别的相拥凝固别后的相思。

记忆，在这一刻的 Cape Town，
纯美，在公元 2009 年的 3 月！

别了，开普敦

轻轻地我走了，
正如我轻轻地来；
我轻轻地挥手，
作别西天的云彩。

那好望角的水藻，
是夕阳里的彩链；
浪涛里的暖风，
在我的心头蔓延。

礁石旁的棕榈，

别了，开普敦

绿绿的在风中挺拔；
在 Camps Bay 的浪花里，
我甘愿做一粒细沙。

那桌山上的一缕，
不是炊烟，是天上泉；
倾泻在指缝间，
摇曳出罗曼蒂克的光。

回望！隔着厚厚的机舱，
向蓝天更蓝处回望；
满载一身夕阳，
在夕阳余辉里惆怅。

但我不能惆怅，
惆怅是别离的刀伤；
上天也为我哭泣，
哭泣是今晚的 Cape Town。

轻轻的我走了，

正如我轻轻地来；

我轻轻地挥手，

不带走一片云彩。

为了非洲最西南的那块岬角

去到好望角是在抵达开普敦后的第二天。天空蓝到醉人，像是块透明的魔镜，将太阳的全部光芒都反射到了我们的车上。一路的《小情歌》唱得心醉，绵延的海岸线绵延着一路的欢歌，好望角就在那不远的前方。桌山山脉环绕着前行的公路，公路两旁的英、荷建筑诉说着曾经的殖民历史，南半球特有的花卉从小院里探出来，装饰着一路的美景，更装饰了我们的心情。

葡萄牙诗人卡蒙恩斯在其优美的叙事长诗《鲁西亚德》中讲述了好望角神奇的传说：古希腊时，硕大无朋的亚当阿斯特伙同其他 99 个巨人图谋反抗诸神，试图用风暴攻取奥林匹斯山，但被在诸神面前的赫尔克勒斯和沃尔坎所打败。作为永久的惩罚，巨人们被流放到世界尽头，埋葬在火山群峰之下。亚当阿斯特的身体化为峥峥山岳，形成了好望角，开普敦北面的桌山是他制造风暴和雷电的作坊，好望角周围海域上怒号的狂风和肆虐的雷暴是他不断巡游的魂灵，对敢于在这一海域搅扰他的人，他会咆哮着施以可怕的报复。

野生的鸵鸟在我们的车旁悠游地踱步，一只庞大的狒狒坐在一辆 Polo 上欣赏着过往的路人。经过一个多小时的车程，我们终于驶进了 Cape Point National Park。也就是传说中的好望角的所在。好望角位于非洲西南端，距开普敦 52 km，历来以气候恶劣、海浪滔天闻名，是来自印度洋的莫桑比克-厄加勒斯(Mozambique-Agulhas)暖流与来自南极水域本吉拉洋流相汇合之处。1488 年，葡萄牙航海家迪亚斯(Bartolomeu Dias)在确定了非洲大陆的最南端后，于返回葡萄牙的航程中发现了这一岬角。葡萄牙历史学家巴若斯在描写这一激动人心的时刻时写道："船员们惊异地凝望着这个隐藏了多少世纪的壮美的岬角。他们不仅发现了一个突兀的海角，而且发现了一个新的世界。"

Cape Point National Park 建于 1939 年，在 7680 公顷的自然保护区内，保留了 500 年前原生态。铁锈色凸凹不平的地面上长着一片片低矮的灌木丛和一些山龙眼鲜花，间或有狒狒、非洲旋角大羚羊等动物一跃而过。据说，这里是花的海洋，当每年9月来临时，各种花卉齐放，万紫千红。我们的车子沿着路标向西南方向驶去，伴着阵阵涛声，一个伸入大西洋中的巨大的岬角近在眼前。墨绿色的浪涛托起白色的浪花，排山倒海般，一道道向海岸涌来，轮番拍打着岸边嶙峋乱石，泡沫喷溅，发出天崩地裂般巨响。据说，这里除风暴危害外，还常常有“杀人浪”出现。这种海浪前部犹如悬崖峭壁，后部则像缓缓的山坡，波高一般有15—20米，在冬季频繁出现，还不时加上极地风引起的旋转浪，当这两种海浪叠加在一起时，海况就更加恶劣。而且这里还有一股很强的沿岸流，当浪与流相遇时，整个海面如同开锅似的翻滚，航行到这里的船舶往往遭难，因此，这里成为世界上最危险的航海地段。

但似乎只有到了这里，也只有这里，你才能体会什么叫波澜壮阔，什么叫汹涌澎湃。强劲的西风急流掀起的惊涛骇浪，一阵紧一阵地向岸边涌来。一位经常航行在这段航程中的海员曾对这里做过这样扣人心弦的描述：“乌云密蔽，连绵不断，很少见到蓝天和星月，终日西风劲吹，一个个涡旋状云系向东飞驰，海面上奔腾咆哮的巨浪不时与船舷碰撞，发出的阵阵吼声，震撼着每个海员的心灵。”

于是，在台阶上坐下来，听一听巨浪拍岸的声响，想象着夜晚灯塔辐射下的船只在这里航行该是怎样的惊心动魄啊！茫茫的大洋，一眼望不到边，孤独的船只在巨浪里颠簸、飘摇，借着灯塔的光亮憧憬着前方的航线，也许是乘风破浪，也许是葬身大海。坐在石阶上，衣衫好像忽然被无数双手撕扯着，似乎能瞬间把人推倒在地，巨大的浪肆无忌惮地砸在岸边的礁石上，溅起无数浪花和飞沫，空气中也泛起一股咸味。遥想当年，迪亚士率领他的船队该是怎样的英勇无畏啊！

1487 年 8 月，迪亚士(Bartolomeu Dias，约 1450 年—1500 年 5 月 24 日)奉葡萄牙国王若奥二世之命，率两艘轻快帆船和一艘运输船自里斯本出发，再次踏上远征的航路，沿着非洲西海岸向南，去寻找一条通往“黄金之国”——印度的新航道。当船队驶至这里时，发现这里风急浪大，惊涛骇浪把船员们吓得魂飞魄散。幸好巨浪把船队推到一个无名岬角上，才免遭灭顶之灾。迪亚士将此地命名为“风暴角”(Cape of Storms)。1497 年 11 月，葡萄牙另一探险家达迦马(Vasco da Gama)率领远航队成功地绕过此角驶入印度洋，次年 5 月到达印度西南海岸，然后满载黄金、丝绸回到葡萄牙。葡萄牙国王约翰二世

(John II Of Portugal)因此将“风暴角”改名为“好望角”，以示绕过此角即能到达充满希望的彼岸——富庶的印度。

在苏伊士运河1869年开通之前的三百多年时间里，好望角航路成为欧洲人前往东方的唯一海上通道。苏伊士运河开通后，这条航路的作用虽有所减弱，但仍然是欧亚之间不可或缺的重要通道，据在好望角的南非人讲，现在每年仍有三四万艘巨轮通过好望角。西欧进口石油的三分之二、战略原料的百分之七十、粮食的四分之一都要通过这里运输。

然而，也许是迪亚士最先闯入了亚当阿斯特的禁地，亚当阿斯特没有放过对他的报复。1500年5月，在随卡布拉尔率领的庞大船队再次远航印度的旅途中，迪亚士在好望角附近的一场风暴中葬身大洋……为了这两洋交汇处的一弯岬角，迪亚士付出了生命的代价！

下了车，我们沿着悬崖脚下的海边往前走，就看到了这块常年驻立在大风中的标志牌，上面用英文写着“CAPE OF GOOD HOPE”以及它的经纬坐标——南纬34度21分25秒，东经18度28分26秒，“THE MOST SOUTH-WESTERN POINT OF THE AFRICAN CONTINENT”向我们表明非洲大陆西南部顶点的身份。

夕阳西下，通红的太阳在云层中射出它最后的光芒，云水相映，绚丽斑斓，就像交响乐演奏的最后一个华彩乐章；这华章就像是迪亚士一生的写照，虽然短暂、虽然行将逝去，但在逝去前的最后一刻却异常地光彩夺目，映红了整个天际，映在每一本地理图册上，映在了人们的心中！

只为那远航的梦

在 Table Mountain National Park 里矗立着一座灯塔，灯塔下就是当年迪亚士率领船队经过的地方，非洲大陆的最西南端——好望角。这里巨浪滔天，海风怒吼，全年有三分之二的日子为雨雾所笼罩。1487 年，迪亚士率领着他的船队在寻找从欧洲通往亚洲的航路上发现了它，后来葡萄牙国王将其命名为“好望角”。

早在孩提时代，深受老师影响的迪亚士就立志成为一名海员，渴望着有一天能够亲眼目睹马可·波罗著作中所描绘的美丽富饶的东方。为此，他很小就学会了游泳。愿望终于在 27 岁那年实现了。1487 年 8 月率领两条载重 100 吨的双桅大帆船，迪亚士的船队启锚了。一路上，大浪奔腾咆哮，如脱缰的野马、决坝的洪水，迪亚士的三只帆船冒着随时可能被大海吞噬的危险，与大自然玩命地搏斗着。在他的带领下，船队冲过了一次次的大风大浪，躲过了一次又一次的危急，终于乘风破浪，转危为安，并在途中发现了好望角。然而从小与大海为伴的迪亚士最终还是没有逃脱命运的安排，1500 年 5 月 24 日，再次奉命率船远航的他在好望角附近的洋面上遇到了飓风，葬身大西洋海底。

10 年后，葡萄牙的又一位探险家达·伽马以同样的勇气穿过好望角，到达了东方，成为第一个从海上去到印度的欧洲人。达·伽马 10 岁时就继承了父亲的遗志，拟定了长期航海的计划。1497 年 7 月 8 日驾驶着 4 艘航船，他由葡萄牙里斯本启程。次年的 5 月 20 日他到达了当时印度南部的商业中心卡利库特城，开辟了由欧洲绕过非洲南端直达印度的新航路。从印度返航的航程更为艰难，越来越多的人死于坏血病，直到 1499 年 7－9 月，所剩的两艘船才先后回到里斯本，当时船上只剩下了 55 人。1502 年，肩负着谋求更多贸易权利的使命，达·伽马再次来到印度。1524 年，以葡萄牙驻印度总督的职衔第 3 次到达印度。这次达·伽马没有再离开，令海员望而却步的热症夺去了他的生命。

完成人类历史上环球首航的麦哲伦同样没有逃脱葬身航海途中的厄运。怀着对东方财富和远洋探险的向往，麦哲伦于1505年参加了海外远征队，开始了远洋探航生涯。他坚信地球是圆形的，并下定决心一定要做一次环球探航。1519年9月，麦哲伦率领一支由200多人、5艘船只组成的浩浩荡荡的船队从西班牙塞维利亚城的港口出发，开始了环球远洋探航。一路上，麦哲伦经历了风雪交加、船员倒戈等重重困难，仍以坚强的意志在茫茫大海上航行。在最困难的日子里，他们有100多个日日夜夜没有吃到一点新鲜食物，只有面包干充饥，后来连面包干也吃完了，只能吃散发出像老鼠尿一样臭气的生了虫的面包干碎屑。船舱里的淡水也越来越浅，最后只能喝带有臭味的混浊黄水。为了活命，连盖在船桁上的牛皮也被充作食物，由于日晒、风吹、雨淋，牛皮硬得像石头一样，要放在海水里浸泡四五天，再放在炭火上烤好久才能食用。他们甚至还吃了木头的锯末粉来维持生命。就这样，他们一路艰险，一路往西，一点点地接近环航的目标。然而，战胜了天灾的麦哲伦却没能躲过人祸，在一次与菲律宾当地部族的冲突中，他被杀害了。最后，麦哲伦的助手烧掉一条破烂不堪的船，带领仅存的两条船载满香料越过马六甲海峡，经印度洋、过好望角，辗转一年多，终于在1522年9月回到了西班牙。这时，整个船队仅剩下一条船与18名船员了。从1519年9月到1522年9月，麦哲伦和他的船员们花了整整3年的时间，终于完成人类的第一次环球一周的航行。从西方向西航行终于到达了东方，他以不可辩驳的事实证明了地球的的确确是圆形的。

中国伟大的航海家郑和同样是一位将毕生献给大海的人。1405年7月11日（永乐三年六月十五乙酉）34岁的郑和奉命从南京龙江港起航，经太仓出海，率27800人第一次下西洋，并于永乐五年九月初二（1407年10月2日）回国。其后的20多年时间里，他又曾先后六下西洋。最后一次下西洋时，郑和已到了花甲之年，为了中外文化交往和航海事业，他毅然率船队出使。这次他再也没有回来，1433年（宣德八年癸丑）62岁的郑和在归国途中，积劳成疾，在古里（今印度卡利卡特）病逝，永远地长眠在他开辟的和平的道路上。

在这些名垂青史的航海家中，哥伦布是唯一一位没有客死异乡的“幸运者”。但其一路上所经历的艰险却不比任何一位航海者来得少。1492年8月3日，哥伦布受西班牙国王派遣，带着给印度君主和中国皇帝的国书，率领三艘百来吨的帆船从西班牙巴罗斯港扬帆出大西洋，直向正西航去。一路上，他同样经历了惊涛骇浪和狂猛的风暴，在亚速尔群岛附近，两艘船被巨大的风浪冲散。除了风浪，船队还得经历饥饿的考验。湿热的天气助长了蛆虫的生长，船上带的糕饼满是蛆虫，船员只有等到天黑连蛆一起吃下。1493 年 3 月 4 日，历尽坎坷的尼娜号在发现了后来被人们证实是今天美洲的大陆后终于到达了里斯本。经过 7 个月零 12 天，这些疲倦的探险者终于回来了。此后哥伦布又三次重复他的向西航行，其间经历了被人歪曲诬陷，投入大牢，视力减退，身患关节炎等种种生理和心理上的折磨，但他一直将大海视作是其矢志不渝的精神皈依，亚洲也一直是他心中永远不灭的灯塔和坐标。正是这心中的灯塔让他克服了身体和精神上的极度疲乏，发现了美洲这块神秘的土地，将自己定格在了新大陆发现者的称号上。

今天，当我们翻阅世界地图或者凝视地球仪时，脑海里总会浮现出这些伟大航海家的名字和他们的壮举。“乘风破浪会有时，直挂云帆济沧海”。为了那远航的梦，他们历经重重磨难，贡献毕生。他们的名字留在了人类的探险史上，留在了世界的文明史上，留在了全世界人们的心间。然而，更多的像他们一样怀揣梦想、英勇无畏的航海者的名字却为滔天巨浪所淹没，随风而逝，历史只为胜利者而歌……

迪亚士发现了好望角？

耳畔巨浪拍岸，我们沿石阶而上，眼前水天一色，湛蓝的天空、碧蓝的海水，感觉自己的眼睛也仿佛被漂染成了蓝色。猛一抬头，已站在了好望角的灯塔之下了，汹涌而来的海浪轰鸣着我的耳朵，肆虐的海风蓬乱了我的头发。灯塔旁矗立着的指示牌上精确地标注着到世界各主要城市的距离。这里距离北京 12933 公里。灯塔的正面的黑色矩形铁牌记录了灯塔的历史："This prefabricated cast iron tower was erected on Cape Point Peak 249 meters above sea level. The white flashing light of 2000 candlepower could be seen by ships 67 kilometers out to sea. The lighthouse proved to be ineffective as it was often covered by cloud and mist. After the wreck of the Portuguese liner "Lusitania" in 1911, it was decided to erect the present lighthouse on Dias Point below, 87m above sea level。"(好望角岬角上的灯塔海拔 249 米,白色的灯光相当于 2000 支蜡烛的光亮,67 公里开外的船舶都能看到。然而,该灯塔的光经常被云和雾挡住,产生不了实际的作用。1911 年葡萄牙船只"Lusitania"号失事后,在迪亚士曾经经过的点上矗立起了这座海拔 87 米的新的灯塔。)

葡萄牙人巴托洛梅乌·迪亚士(Bartholmeu Dias,约 1450—1500 年 5 月 24 日)历来被认为是好望角的发现者。1487 年 8 月他率领一支由 3 条船组成的探险队出发,试图沿着非洲西海岸南下,绕过非洲,打开一条通往印度的航路。过了南纬 22 度后,他开始探索欧洲航海家还从未到过的海区。1488 年 2 月 3 日,到达了今天南非的伊丽莎白港,迪亚士明白自己真的找到了通往印度的航线。为了印证自己的想法,他让船队继续向东北方向航行。3 天后,他们来到一个伸入海洋很远的地角,迪亚士把它命名为"风暴之角",即今天的"好望角"。

于是,历史这样写道:"It was only on the return voyage that he discovered the Cape of Good Hope in May 1488. Dias returned to Lisbon in December 1488 after an absence of sixteen months and seventeen days. He had explored a total of about 2,030 km of unknown African coast."迪亚士的名字与好望角的发现者划上了等号,被记录在了世界各国的地理课本上和世界人们的脑海中。

真的是迪亚士发现了好望角吗?就在迪亚士的船队经过好望角的当口,船员们看到了土著黑人在那里放牧。事实上,南非大地上很早就生存着一支支游猎部族,他们年复一年以缓慢的节奏从事着日出而作、日落而息的平静农牧生活。难道不是这些土著黑人发现了好望角吗?但是,他们的发现与现代航运业毫无关系,他们的发现只为自身的生存、不为扩张的需要,他们的发现没有以强势的经济文化和强有力的媒介为依托的传播渠道,没有影响世界的格局和现代文明的进程。因此,历史没有留下这些土著黑人的名字,他们的名字就像一滴水渗到沙漠中,就像一缕轻烟飘在了空气中,被掩埋在浩瀚的历史卷帙中,不为世人所知晓。迪亚士则不同,他的"发现"打通了新的航路,为后来的航海者提供了驶向更远彼岸的航海信息、完善了地理学的框架,为后来达·伽马开辟通往印度的航线奠定了坚实的基础,更为重要的是西方殖民势力从此从非洲伸展到了亚洲,为西方世界带去了源源不断的黄金和香料等各种奢侈品。依托着殖民帝国加速向全世界扩张的强大势力,迪亚士的名字被镌刻在了世界航海史的墓志铭上。

然而,正是迪亚士他们的到来打破了土著黑人平静的生活,正是他们的到来让这片土地原来的主人变成了奴隶,正是他们的到来让殖民统治者的触角伸向了非洲乃至亚洲的土地。他的这一壮举、这一发现从某种角度上来说难道不是一种入侵吗?迪亚士及其身后所站着的葡萄牙国王以及整个西方殖民社会以他们自以为的文明驱逐、镇压甚至是捣毁了另一种文明。随着非洲黄金、钻石及其他稀有金属的源源外流,黑人土著文明衰微,西方殖民文化兴起。

显然,迪亚士发现好望角成为地理教科书上的常识,成为世界人们的共识,成为颠覆不破的真理是近代殖民文化的产物,是强势的现代西方文明对土著文明的否定,是现代人用现代的眼光、站在现代文明的立场上审视、撰写历史的结果。换个角度来看,也许事实不是如我们今天所了解的那样……

英伦

伦敦肯辛顿宫内景

伦敦肯辛顿宫大门

在泰特现代美术馆内参观

圣安德鲁斯大教堂的断壁残垣

哭泣玫瑰

肯辛顿宫坐落于伦敦西部的肯辛顿公园内，赭红色的外墙散发出的一种女性的柔美气息，铁门上的金色装饰也以花草为主，似乎在告诉着人们这里曾经住过总共7位公主、王妃、王后与女王。这里没有白金汉宫作为君王宫殿的堂皇，也没有温莎堡的古朴与威严，它小巧精致，玲珑典雅，本身就宛若一朵娇艳的玫瑰，羞羞答答，亭亭玉立。

走入宫内，紫色的墙体、玫瑰图案的墙纸，轻柔的音乐，蓝调的灯光，越发凸显其优雅的气息。循着橡木制的木梯而上，径直是一间不大的寝室。室内灯光幽暗，倒是桌上的各色香水瓶子精美无比，分外夺人眼球，凑近了闻，更有暗香沁人心脾。只是背景音乐里回荡着的女子啜泣的声音若隐若现，叫人心里头发紧，原来这里曾是玛丽二世（1662—1694）的寝殿，而这些光彩夺目、闪亮动人的玻璃瓶则见证了她精明而又哀婉的一生。一袭芳香吐露一段传奇，也吐露着女王终生无子的不快乐。

在嫁给荷兰执政者威廉三世并支持其进犯英格兰结束父王的统治，加冕英格兰、苏格兰与爱尔兰女王后，玛丽二世与丈夫便买下了这位于肯辛顿的诺丁汉豪宅，并命令克里斯多夫·雷恩勋爵将其改建成君王的寝宫。如今肯辛顿宫东面及南面细致的砖砌外观，就是当年雷恩勋爵设计的。改建后的肯辛顿宫里摆满了玛丽二世收藏的瓷器。然而，改建工程却在1694年突然停止了，那一年年仅32岁的玛丽由于出水痘突然撒手人寰，留下深爱她的丈夫独自老去。更加遗憾的是他们没有子嗣，而这也是玛丽一生不快乐的源头。虽然同时拥有爱情与权力，但没有孩子承欢膝下的烦恼却缠绕了她短暂的一生。三个子女莫名早夭令她只能从饲养宠物、园林艺术及收藏瓷器中寻找欢乐。虽然，玛丽在威廉忙于海外军事战役时，独自统治国土足以证明她是一位强大、果决、有力的统治者，但没有天伦之乐的人生还是会让她在肯辛顿花园里漫步时不自觉地停下来凝神忧伤。

房间里，低回的呜咽声断断续续，幽怨、凄厉而悲凉，道出了女王内心深处的苦痛。床头上悬挂着的水晶水滴装饰发出叮当的响声。仔细看去，这床甚是奢华，床帏的色调艳丽，以红绿为主，却不显乡气；用料很是讲究、做工也很精细，床帏的里面还悬挂着玛丽二世像。玛丽的三个孩子都在这张床上出生，想来一定给玛丽带去过无限的欢乐与希冀。然而，这种欣喜是如此地短暂，随之而来的便是刻骨铭心、肝肠寸断的丧子之痛。这滴滴水晶正仿佛滴滴眼泪，讲述着这位女王夜不能寐、以泪洗面的悲伤。

与玛丽二世一样，安妮女王(1665—1714)也有着同病相怜的不幸。在从1683年与丹麦王子乔治结婚到1708年丈夫去世的25年间，他们曾孕育过17个孩子，但无一例外地未成年便夭折了，唯一的儿子长到11岁也被天花夺去了生命。在丈夫离世后的很长一段时间里，安妮几近崩溃，她无法承受青年丧子与中年丧夫之痛，而巍巍的肯辛顿宫恰恰见证了这一系列悲剧的发生，因此几乎有18个月她没有踏足过肯辛顿。透过窗户可以看到安妮执政期间所建的霍克斯穆尔橘园里花香四溢，客人们悠闲地品尝着正宗的英式午茶，欣赏着格瑞林·吉本斯家族精巧的松木雕刻及梨木藤编，谁又会想到建造了这座橘园的安妮所经历过的痛楚呢？

走出玛丽二世的房间，就来到了肯辛顿宫最中心的大殿，穹顶上天使与众神的壁画金碧辉煌，彰显着皇家的气派。大殿的四角端坐着好几位哲学家、思想家、科学家的半身像，以牛顿像最为引人注目。这些都是热爱艺术、尊重科学的乔治二世的妻子卡洛琳的功绩，她曾赞助了不少当时杰出的思想家、音乐家和作家，其中便有音乐家亨德尔。据记载，在乔治二世统治时期，肯辛顿宫曾经购入了大量珍贵的画作，不少还是皇家收藏中的珍品，这不得不说是受了王后的影响。乔治二世与卡洛琳的感情不错，共育有三子五女，而肯辛顿宫也是他们最钟爱的居所，每年都有四到六个月的时间在这里度过。虽然，乔治二世与卡洛琳堪称史上少有的琴瑟和谐的王室夫妻，但是乔治本人仍然拥有众多的情妇与私生子女。据史料记载，除了最为人所知晓的霍华德及萨福克伯爵夫人两位外，后还有 Yarmouth 伯爵夫人，而霍华德还曾是卡洛琳王后的贴身侍女。面对丈夫的偷腥，卡洛琳始终恪守对婚姻的忠诚，从未有出格的举动，她自信有足够的实力、能力、魅力捍住自己的后位。尽管被评价为聪慧大度的女人，一直忠实并钟情于丈夫，默认并容忍丈夫的不轨，但身为女人，谁会希望自己的丈夫拈花惹草呢？其内心的苦楚又哪里可以为外人道也。

参观了几个房间后，在宫殿的另一端旋梯旁，一阵奇怪的伴随着尖叫的急促脚步声让我驻足。如此华美的宫殿中怎会有如此怪异的声音呢？原来，这是在模仿夏洛特公主（1796—1817）出逃肯辛顿宫时的情形。夏洛特生于一个破碎的皇室家庭，父亲乔治四世与母亲因为性格不合，自夏洛特出生后不久便分居了。乔治把照顾她的责任落在家庭女教师和佣人的身上，并限制她与生母卡罗琳联络。夏洛特长大成人后，乔治曾授意将她许配于荷兰的奥伦治世袭王子威廉，遭到夏洛特的拒绝，并以出逃肯辛顿为抗争。夏洛特的勇敢与坚持，追求真爱的决心与不畏皇权的胆魄使乔治最终准许女儿下嫁萨克森-科堡-萨尔菲德的利奥波德。不幸的是，在经历仅一年半的愉快婚姻生活后，夏洛特在诞下一名夭折的男婴后几小时也死于难产。

与夏洛特逃遁的旋梯遥遥相对的是一间少女的闺房，房内的暖色调及温柔的光线给人一种扑面而来的温情。墙纸以淡雅的小碎花为底，清新雅致。屋内散乱地摆放着少女的一应细软。桌上的梳妆镜以金属花纹饰边，尽显少女的情怀。壁炉上以藤蔓缠绕，似乎也在编织着少女的梦。一角的床上没有床帏，堆着柔软的枕被，床头还放着少女喜欢的玩偶与书籍。就是在这张看似简单的床上，一位王亲一夜之间由一个少女变成了一国之君，她就是英国曾经在位时间最长的君主——维多利亚女王(1819—1901)。这间屋子见证了她在搬去白金汉宫居住前的生活。

就是在这间屋子里，维多利亚得知了自己伯父乔治四世去世、自己一下子成了大英帝国女王的消息；就是在这间屋子里她对着意欲以“I am your mother”控制自己的母亲骄傲地回敬道：“But I am the queen”。1837 年 7 月 13 日，18 岁的维多利亚走出了她童年的居所——肯辛顿宫，迈开了她统领英国成为“日不落”帝国的脚步。维多利亚统治的成功在很大程度上要归功于她的夫婿——阿尔伯特亲王，一直以来维多利亚都依赖并采纳他的意见。他们是恩爱的夫妻，是“只羡鸳鸯不羡仙”的联合统治者，他们妇唱夫随，相濡以沫。然而属于他们的幸福却在 1861 年，女王 42 岁时戛然而止了，她永远地失去了自己深爱的丈夫阿尔伯特亲王。女王悲痛欲绝，在其后的 40 年间，她始终怀念着他，长时间离群索居。即使公开露面，也不戴王冠，总以是一副寡妇的打扮示人。甚至是在参加儿孙们的婚礼时，她也是一身玄色丧服出席。这位以“大不列颠及爱尔兰联合王国女王”和“印度女皇”名号称呼的君主脸上从此难觅笑颜，郁郁而终。

穿过餐厅，就来到了现任女王伊丽莎白二世的亲妹妹玛格丽特公主（1930—2002）生前最喜欢的舞厅。舞厅的墙上挂着曾居住在这里的7位女主人的照片，她们或美艳绝伦、或体态丰腴、或气宇轩昂、或温婉典雅，LED的灯光忽明忽暗，闪烁着，摇曳着，更增添了丝丝神秘与悠闲的气氛。与姐姐本分尽职、知书达礼不同，玛格丽特公主特立独行、桀骜不驯。年轻时遇上地位较自己甚远的唐生，对方不但已婚、育有两个子女，而且年纪还大玛格丽特一倍，公主却对他爱得死去活来。为此，国会让玛格丽特自己选择，她可以嫁给唐生，但婚礼必须在外国进行，婚后她需要以唐生夫人的名义于国外生活，并以丈夫的收入维持生计。爱情与名利，玛格丽特最终选择了后者。身为公主，她不得不在一个自由灵魂与一个规矩重重的王室的摩擦间煎熬。1960年，玛格丽特嫁给了年轻摄影师琼斯，即后来的史诺顿伯爵，婚后便搬入肯辛顿宫居住，他们的两个孩子也都在肯辛顿出生。婚后初期生活相当美满，但不多久，两人便经常争吵，最终不得不以离婚收场。离婚后的玛格丽特与滚石乐队、喜剧演员 Peter Sellers 等名人交好，经常请他们来肯辛顿宫中做客，举办舞会，以排遣内心的不快。只是这夜夜轻歌曼舞、酒醉迷离之后，仍留下孤独的自己。可叹，曲终人散，独酌无相亲……

另一位喜欢在这个舞厅中大宴宾客的肯辛顿主人就是曾经芳华绝代的黛安娜王妃(1961—1997)了。她的爱情生活如同她的服饰一样,一直是街头巷议的话题,也是《太阳报》的头条,早已在记者们的长枪短炮下被窥视得体无完肤。本以为自己是现实版的灰姑娘,却发现原来自己的婚姻里早已有个名叫卡米拉的人存在,难为王妃日后对记者感叹道:“我的婚姻里有三个人,实在是太拥挤了点。”而如今,卡米拉已经转正成为查尔斯的第二任妻子,而黛安娜却已香消玉殒十多载。

透过窗帷,花园里的玫瑰开得正艳,红得像火,浓烈而娇美;相比之下,住在这宫内的玫瑰们虽也娇艳,却有如那晨曦微露时的玫瑰,露珠便是她的泪滴。她们或生于肯辛顿或长于肯辛顿,或居于肯辛顿或终于肯辛顿;她们或拥有无与伦比的美貌或拥有至高无上的权力,却无一例外地没有得到“执子之手,与子偕老”的爱情。她们的爱情或折于王室与平民的那道沟壑,或止于生命的脆弱与无助,或毁于夫婿的花心。玫瑰一年又一年盛开在肯辛顿的花园里,而玫瑰所象征的爱情却总没有如期而至、常开不败,对于女王、王后、王妃和公主来说,它总显得那样吝啬,那样珍贵,那样令人期许……

维纳斯，睡去了

泰特现代美术馆（Tate Modern）坐落在泰晤士河边，圣保罗大教堂的对面，原先是仓库，后来改建成了美术馆，以当代艺术为馆藏，尤以毕加索、达利等现代大师的作品为瑰宝。与特拉法加广场上的英国国家美术馆（National Gallery）不同，Tate Modern 本身没有什么装修，就像一个方形的大匣子，被分割成一个个小方格，除了必要的通风、温控等装置外，别无其他装潢，要说有的话就是墙上这一幅幅画，一张张照片，一件件工艺品，成全了属于它的最贴合的装潢。在这些画中，最让我难以忘怀的是一幅名为"Sleeping Venus"的作品。印象中以维纳斯为题材的画作中，以波提切利的《维纳斯的诞生》和《春》开创先河，其后又有提香和委拉斯贵兹的名作，而同名画作又以乔尔乔内的先入为主，但眼前的这幅《沉睡的维纳斯》着实叫我震惊。

历史上第一个将维纳斯由“异教的女妖”而成为从海里升起的美丽女神的画家当属波提切利，这位意大利文艺复兴黄金时期的佛罗伦萨画家。在《维纳斯的诞生》这幅画中，裸体的维纳斯像一粒珍珠般从展开的贝壳中冉冉升起，亭亭玉立在海面上。洋溢着青春生命的肉体，美丽娇艳的女神，波提切利笔下的维纳斯是如此地富于风情。身体是成熟少女的身体，窈窕而柔和，纤长而略显柔弱，面部表情淡定、温婉，还带着一点无邪的稚气。额头的线条光滑流畅，凸显出维纳斯姣好的面部轮廓。两道弯弯的眉毛好似用眉笔画上去的，眉毛下那一双耐人寻味的出神的大眼睛给人印象特别深刻；双眼皮很明显，瞳孔清澈中略带迷惘，柔情中蕴含丝丝伤感。鼻梁很挺，嘴细细小小，似有话要说又欲言又止。虽然按解剖学原则看维纳斯的脖子和手臂都过长，但这却增加了她优雅的魅力，尤其是那棕金色的长发，鬈曲回旋，顺着她婀娜的身姿流转缠绕，曼妙轻盈，使整个画面呈现出一种空灵的气息。同样，在波提切利的另一幅名作《春》中，维纳斯身披红绸，慢步走着，如皇后般庄严典雅，“她过往的路上，万物都萌芽滋长起来”（卢克莱修

Lucretius 语）。

在威尼斯画派代表人物之一提香的《乌尔宾诺的维纳斯》中提香将现实的女性视为女神的化身，从大自然来到生活中的居室，俨然是一位贵夫人出浴后躺在豪华的卧榻上。虽然提香所描绘的女神退却了神的特质，而为鲜活生命的血肉之躯，但丰腴的体态，端庄大方、富于青春魅力的容貌却一如既往地秉承了文艺复兴时期人文主义的本质精神。

记忆中描绘维纳斯的名画还有委拉斯开兹的《镜中的维纳斯》，据称这也是这位西班牙画家唯一的一幅裸体画。画中女神背对着观众斜躺在床上，美丽白皙的背部和臀部一览无余，让人不由想起李后主的那句“缥色玉柔擎”。她用手撑着头，好似很随意地靠着，她的儿子爱神丘比特为她举着梳妆镜。我们看不到女神的脸，只能从镜子里模糊的形象中窥视她的面容与表情，一成不变的优雅，没有故作的媚态，只有天然的妩媚。画面的色彩简单而鲜亮，尤其是画面左上角丘比特身后的那一大块梅红色帷幕，衬着略带羞涩又暗自得意的女神，使整个画面以及观画者的心一下子敞亮了起来。

在代表着威尼斯画派决定性成就的乔尔乔内的同名画作 Sleeping Venus 中，维纳斯斜靠在锦缎上，在富有诗意的大自然的怀抱里沉睡。沉睡中的维纳斯,体态丰腴,细腻的肌肤闪耀着动人的光泽。美丽的田园风光和圆润饱满的人体非常和谐地结合在一起,相互映衬。她的脸微微右侧,神态安详、明朗。前额明净,双眉如弓,眼睑温柔下垂。她修长匀称的身体自然、柔美地在整个画面里舒展开,仿佛散发着袅袅的乐音。特别是她放在脑后的右手,使整个身体的曲线有了一个完美的迂回。柔和圆润的肤色处理简直让人感觉得到她的脉搏、气息和生命。画面的背景富有浓厚的抒情诗般的意境:幽静的村舍坐落在起伏的小丘上,宁静的小树和曲折的小路,远处的山峦交错重叠,狭长而明静的湖泊辉映着美丽的倒影,淡金色的余辉装扮着傍晚那游动的浮云。这一切都十分和谐美妙,而且在协调的微微淡然的暖色层次中柔顺地变幻,与维纳斯那诱人的肌肤组成了景与人的色彩交响,奏出了睡梦中的维纳斯那温情、恬静的旋律。

而眼前这幅 Sleeping Venus 中的维纳斯是平躺着的,感觉很僵硬,她悄无声息、没有弧度地直挺挺躺着;身材依然修长,面色也显平静,但眼神呆滞迷茫,魂不守舍,好像梦游一般;皮肤白皙依旧,女性的特征也依然明显,却好似一尊蜡像,虽被冠以维纳斯的美名却没有了女神曾经的美艳。这个被认为是美术史上最优雅的裸体,现在很难让人感觉到她肉体的温度。《维纳斯的诞生》中那飘然而至、飘飘欲仙的维纳斯,《镜中的维纳斯》中那以肘托腮、孤影自怜、孤芳自赏的维纳斯,《维纳斯和战神》(波提切利作)中那尝过俗世欢乐后、满足娇羞、温婉淑贤的维纳斯如今只剩下了一个躯壳,虽被赋予"娴静安详"之诠释,亦缺乏人体之美感。身体虽仍是女性的身体,但线条缺乏内在的张力与韵律,纵说不上干瘪,却实难用"妩媚、圆润、丰盈"来形容。脸上没有任何表情,线条都很简洁,甚至可以说是简单,缺乏细部的勾勒,嘴角没有一丝笑意,更不用说那淡淡的,似有若无、给人以遐想的吻痕了。全画中最与以往维纳斯形象不同的是她的头发。那飘逸如丝、错落有致的鬈发被女神枕在了头下,只留下几缕贴在额前,枯黄的,干燥的,没有光泽,更没有动感。腿部的线条几乎是笔直到底,没有变化,显得绵软无力,生硬别扭,失去女性腿部的曲线美,与《维纳斯的诞生》中出水芙蓉、性感变幻又富于支撑力的双腿比起来,这幅画中的维纳斯的两条腿只能说是人体所必需的肢体而已。眼前的维纳斯已不再是具体的有血有肉的形象,而是被剥夺了个性的一种抽象存在。在《维纳斯的诞生》中那种属于波提切利的妩媚同时也是属于维纳斯的长久以来的妩媚,如今都踪迹全无了；而在《维纳斯的诞生》中那种“全靠音的建筑来构成的交响乐情调，触觉的、动的艺术，足以在我们的心灵上引起陶醉的快感”（傅雷语）此时也已荡然无存。

再看此画的背景，在月光清澈的小镇上不调和地出现了空旷的古希腊神庙，在无顶的神庙上空可以看到一弯眉月。维纳斯躺着睡着了，神庙内的景象令人感到似梦如幻：中间一个骷髅正向左侧一个穿紧身衣的女子走去。这个女子头戴有红花装饰的大檐帽，俨然一个贵妇人，她正要与骷髅搭话。右边一个裸体女子在举手呼号，仰天乞求，好像哀恸死神的降临。远处还有几个裸体，一个跪伏，一个呼天抢地，形象残缺不全、扭曲乖戾，情景恐怖得令人震颤。不禁让我想到了毕加索的《格尔尼卡》，画面里同样聚集了恐怖、阴森、绝望和无助。被践踏的鲜花、断裂的肢体，号啕大哭的母亲、仰天狂叫的求救，断臂倒地的男子、濒死长嘶的马匹……和毕加索通过超时空的形象组合、在支离破碎的黑白灰色块中呐喊对法西斯暴行的无声控诉一样，画的作者保罗·德尔沃（Paul Delvaux）也通过美丽与死亡的结合、平和与愤懑的对比，表达对战争的恐惧与现实的苦恼。“Delvaux later explained that it was painted in Brussels during the German wartime occupation and while the city was being bombed. The psychology of that moment was very exceptional, full of drama and anguish, he recalled. I wanted to express this anguish in the picture, contrasted with the calm of the Venus。”(保罗・德尔沃后来曾解释说此画绘于1944年德国战争时期的布鲁塞尔，整座城市处于炮弹的洗礼中。当事人的心理状态已经出离常态，充满了戏剧性的波动和苦闷。他回忆说因此他将这种苦闷通过与维纳斯的平静所形成的对比表现在画中。)

与以往以维纳斯为题材的画作中所表现出的明媚、光明、鲜活的人的主题迥然相异，《维纳斯的诞生》中那飘拂的长发、飞舞的衣裙与粼粼涟波荡漾所构成的和谐画面已经难觅踪影，《春》中那清新飘逸的丰姿、布满鲜花的树林、春意盎然的田野所营造出的轻灵幽美的意境也杳无踪迹，而乔尔乔内的《沉睡的维纳斯》那色泽温润的夕阳、微风拂动的树叶、层峦叠嶂的村庄所烘托出的牧歌式的诗意也不复存在了，整幅画所呈现的是死灰的沉寂与阴郁的恐怖，搅得人心烦意乱，惊恐万分。站在画前，我不由想起了尼采那句震聋发聩的宣告——“上帝死了”。上帝曾经是西方世界秩序的缔造者，上帝死了，上帝所缔造的秩序已经支离破碎、分崩离析，我们的世界进入了无秩序的阶段，宗教的根基坍塌了，传统的价值观崩溃了，人们的信仰也被挖空了。历史的车轮滚滚向前，如潮水般推着人前进、无暇回头也无法回头，物质富裕了人们的生活，也动摇着人们心中坚定的宗教信仰，上帝不复神圣，信仰的宝塔在物欲横流面前轰然倒塌。所以，尼采说："上帝死了！上帝真的死了！是我们杀害了他，你和我，我们都是凶手！"维纳斯，这个从古希腊诗人贺拉斯开始就代表美丽的女神还没有死，但她所代表的美丽似乎也正在渐渐离我们而去。注视着这幅画，我的内心充满了震惊、压抑、想要爆发又不得不隐忍不发的沉闷与绞痛以及激情被掏空后的那种空落落的感觉。维纳斯闭上了双眼，不在夕阳的温煦中、微风的轻抚下恬然地睡去，而在一具骷髅的注视下、在死神将临的梦魇中睡去了。睡醒后的维纳斯是否还有闲情逸致执一面镜子孤芳自赏，或是翩翩起舞迎接春天的来临呢？

在神的名义下（二）
——圣安德鲁斯大教堂

在苏格兰开阔的高地上，在威廉王子与凯特王妃相恋的小镇圣安德鲁斯的港口边，一座名为圣安德鲁斯的教堂曾经在这里久久地矗立着。自公元8世纪苏格兰守护神圣安德鲁的遗骸被带到这里开始，这座教堂就在中世纪的苏格兰占据着主导地位。从苏格兰国王罗伯特一世起，大教堂一直是当时世界上最大的教堂，也是苏格兰主教的所在地。下了大巴，我便沉浸在对远古文明的追忆及对宗教力量的敬畏中。

在只有三条主要街道的小镇上，这座教堂堪称中世纪整个苏格兰地区规模最大、最宏伟的教堂。主教阿诺德在1160年开始建造该教堂，于 1318 年 7 月 5 日罗伯特一世在位时完工，整个工程历经一个半世纪。砖块与砖块间严丝细密的接缝镌刻着人类的进步与历史的变迁，粗壮而稳重的基石与色彩变幻的立柱创造了充满神秘色彩的灵性空间，回旋出壮怀千古的交响，引领人们的意志通往高高在上的彼岸世界、极乐的天堂。

而如今，这里是一片断壁残垣……

在遗址旁 100 多英尺高的 St. Rule 塔上，遐思久远的荣光与不衰的文明：千古奇岩穿过历史的沧桑与岁月的积淀，在斑驳与厚重间彰显着力与美的震撼；金色的夕阳下，天地与古石浇灌出静穆的萧瑟与萧瑟的静穆，立柱与石墙间逼仄着揪人心魄的历史回眸与振颤心灵的信仰叩问。

碎片还在，记忆还在。坐落在圣安德鲁斯两条主要街道的东端，虽然早已是一片废墟，但残留的塔尖大门的高度仍然可以遥想当年的巍峨，长达百米的中轴线依然可以估量那令人惊叹的规模。现存的主要部分，是东部和西部的山墙，大部分的教堂中殿南壁和西壁南耳堂的一部分。除此之外，St. Rule 塔，东南方的圣玛丽教堂遗址，外面的选区墙，构成了圣安德鲁斯大教堂今天的面貌。从背光处看去，墙体的颜色相当暗淡。

海风带来海水的咸腥味，让人不由联想到脚下踩着的累累骨骸与曾经的血腥。夕阳反射在岁月打磨的墙上,留下耀眼的焦点与交错的光影。头顶海鸥在盘旋,在鸣叫,不是哀号却有着废墟上的萧瑟,听着似如悲鸣。

宗教改革的历史进程摧毁了这座庞大的宗教建筑,新教改革疾风骤雨般的步伐将曾经的庞然大物夷为平地与废墟。

1553年,信奉天主教的玛丽一世(1553—1558)继位。作为虔诚的天主教徒,她以极其残酷的手段复辟天主教,处死了多达300名新教教徒,大主教克兰默则被处以火刑,由此落下了“血腥玛丽”的称呼。1558年,其同父异母的妹妹、信奉新教的伊丽莎白(1558—1603)上台后,重新推进新教改革,清算天主教徒。而这场新教改革所带来的变革之风则使大教堂的命运彻底走到了尽头。1559年6月11日约翰·诺克斯(John Knox)在圣安德鲁斯教区教堂讲道时,聚集起来的人流如潮水般地涌入圣安德鲁斯大教堂,他们摧毁了与罗马天主教有关的一切物品。这座曾在1272年的风暴中被吹倒重又挺立起来、在第一次独立战争(1296—1307)中劫后余生的大教堂,这一次最终没能幸免,被付之一炬。

曾经的坚如磐石,曾经的盛极一时,曾经的顶礼膜拜都在顷刻间化为乌有,真的是一把火的功夫。此后的数十年里,关于修复这座苏格兰最大教堂的争论一直延续着，但直到 17 世纪末，圣安德鲁斯教堂遗址的主要功绩是作为一个采石场，为小镇的后续发展提供建筑材料。

焦黑的瓦砾诉说着曾经的劫难，被时间与海风侵蚀的墙面呜咽着往昔的伤痛……

夕阳开始西沉，海鸥归巢的叫声却愈加清冽。逡巡徘徊在一块块厚重的石墙与一丛丛的杂草间，光的不同折射使人有点眩晕与恍惚；对于历史我们似乎了解得很清楚，却还总感觉蒙着一层纱。

英国宗教改革的始作俑者是玛丽的父亲、大名鼎鼎的亨利八世，而改革的导火索竟是一桩与他有关的离婚案。与阿拉贡的凯瑟琳的婚姻只有女儿玛丽一个长大成人，为了繁衍男性子嗣继承王位，亨利八世向罗马教皇提出与凯瑟琳离婚遭到拒绝，愤怒的他便开始了对抗教廷的活动，力图使日益强大的王权摆脱罗马教权的桎梏。1533 年，亨利自己宣布与王后凯瑟琳离婚并与安博林结婚。教皇遂将他开除教籍，亨利马上宣布国王是英国教会的最高首脑，英国宗教改革的历史大幕就此拉开。亨利没收了教会的财产，君主和国家权能被史无前例地集中起来，教会则完全被纳入了国家体系，成为国家机器上的一

个齿轮。

回望历史，在神的名义下私欲与权欲相互交织，神权与王权相互角力，贪婪与残暴互为因果，血腥杀戮与专制独裁贯穿其中。

夕阳完全沉下去了，月牙已经挂在了天边，天却还很蓝，虽已过了晚上8点，应该是由于苏格兰纬度高的关系，海鸥的叫声已经听不见了，想来都归巢了吧……

巴黎与巴厘岛

巴厘岛海边

巴厘岛情人崖

一切都不会过去

走在巴黎这个世界闻名的时尚之都，我最想做的不是去老佛爷百货商店“血拼”，也不是一睹“康康舞”的风采，而是静静地与一些伟大的灵魂对话。

圆顶教堂里的将军

我首先来到的是建于1706年、由芒萨尔设计的圆顶大教堂，它位于荣军院的后面，为典型的法式古典建筑。拿破仑的棺材就位于这圆顶教堂地下墓室的中央，是一尊月红色花岗岩制成的石棺。拿破仑曾在他的遗嘱中写道：“我愿我的身体躺在塞纳河畔，躺在我如此热爱过的法国人民中间。”在死后19年，1840年12月15日拿破仑的遗骸被运回了巴黎，存放在这里。

据介绍，拿破仑的遗骸被放在六层棺椁之中，从里向外，第一层是白铁棺，第二层是桃花心木，第三、四层均为铅制棺，第五层是乌檀木，第六层是橡木棺。然后，还有一层外棺，用从俄罗斯运来的红斑岩凿成，表现曲线凹入，多少有点像拿破仑生前常戴的船形军帽。入口处立着两座卫士青铜塑像，其中一个手执地球，另一个手执权杖和皇冠。石棺的周围立着出自普拉蒂耶(Pradier)之手的 12 尊胜利女神雕像。墓室上层建成环形楼台，人们站在上面可以向下瞻仰他的棺椁。

与拿破仑生前居住的枫丹白露不同，这里没有奢华，只有宁静。当枫丹白露里的一切成为过往，这个“科西嘉岛上的怪物”此刻静静地躺在这里，安享平静或许还有几分寂寞，没有了权力与荣华的寂寞。但是每天数以千计的游客来到这里，瞻仰这位法兰西曾经的英雄。人们不会忘记，是他一手缔造了法兰西帝国，是他组织起草了直到今天依然有重要影响的《拿破仑法典》，他的那句“不想当将军的士兵不是好士兵”成了追梦者的豪言壮语，甚至他的那次致命的战败也成为了失败的代名词。当权力与富贵成为过往的时候，历史记住了“拿破仑”这个名字。躺在这里的拿破仑是注定不会孤独的！

巴黎圣母院的伟人

就在巴黎圣母院的对面的先贤祠(又名万神殿)里,躺着被誉为"法国的莎士比亚"的维克多·雨果的遗骸,就是他写下了那部堪称世界名著的《巴黎圣母院》。1794 年,法国制宪会议决定将这里改为专门存放"自由法国时代的伟人遗骸"的场所。除雨果而外,伏尔泰、卢梭、居里夫人及其丈夫的遗骸也先后被放进了这里的地下墓室中。

伏尔泰的墓前有一尊高高的乳白色雕像,他身穿长袍,左手拿着本书,似乎还在宣扬他的平等主张。正是他提出的"人生而平等"的主张开启了 18 世纪法国资产阶级的启蒙运动,吹响了民主自由的号角,他也因而被誉为"法兰西思想之王""法兰西最优秀的诗人"和"欧洲的良心"。

就在制宪会议决定将这里改为存放"自由法国时代的伟人遗骸"之所的当年,卢梭的遗体也从生前居住的阿蒙农维拉小镇迁到了这里的地下室中。虽然一生贫困潦倒,卢梭死后却被国民公会尊为"自由的奠基人",他的《社会契约论》大声宣告"人生而自由",成为西方传统政治的奠基和法国大革命的思想基础。他在《爱弥尔》中体现的自然主义的教育观深深地影响了现代教育理论。他的《忏悔录》自我审视和批判了自己的前半生，开启了“私小说”的写作风格，对后世影响深远。

居里夫人静静地躺在她丈夫的上面，洁白的石棺圣洁而安详，让我不由想起爱因斯坦在《悼念玛丽·居里》中的话：“在像居里夫人这样一位崇高人物结束她的一生的时候，我们不能仅仅满足于只回忆她的工作成果和对人类已经做出的贡献。第一流人物对于时代和历史进程的意义，在道德品质方面，也许比单纯的才智成就方面还要大，即使是后者，它们取决于品格的程度，也许超过通常所认为的那样。”是的，与曾经两次获得诺贝尔奖比起来，居里夫人的品格的力量和对科学事业的极端严肃与热忱更应让她为世人所景仰。

西敏寺里的文人墨客只占据了小小的一个角落，大部分还是皇室成员的天下。而在这里，人类伟大的灵魂得以延续，自由和民主的力量得到彰显！

埃菲尔铁塔下的文豪

就在埃菲尔铁塔下，就在这热闹的市中心，有这样一片与周围环境格格不入的墓地，安静而肃穆，无论官方还是民间，都对它处之泰然，安之若素，它的名字叫蒙帕纳斯。小说家莫泊桑、玛格丽特·杜拉斯，诗人波德莱尔，存在主义作家萨特和他的情人、女权主义作家西蒙·波伏娃都长眠于此。

太阳穿过密密的林荫在地上留下和煦的光，在这里你感觉不到丝毫的阴冷，不止是因为阳光，更是因为心底的那股热流。与大师同在，心灵不会孤寂；与大师同在，因而充满暖意。小鸟在密林深处唱歌，欢乐着，和谐着。这里没有国内墓地通常的阴森，没有清明上坟的喧闹和烧纸钱的刺鼻烟味，这里只有宁静与安详。每座坟墓的墓碑和铭文都有各自的设计，依照死者生前的意愿和情趣。大理石的十字架、铜雕的树叶花环作为最常见的装饰，有的还附着照片和亲友订制的小镜框样的石牌。

和那些家世显赫的天主教家庭的墓室不同，萨特和波伏娃的墓，除了二人的姓名和生卒年，什么也没写。白色的墓碑清清爽爽，可能是整个墓地最简单的一个。陪伴他们的是墓园里葱郁的树木和滋长的野草，还有络绎不绝的来自世界各地的读者献上的花。

玛格丽特·杜拉斯的墓离得不远，是那种平躺在地上的石碑。上面恰巧生出了一块心形青苔，青苔的边缘堆放了一圈小石子，变成了精致的装饰，别处也堆了几堆石子，想必是一个个经过她墓前的读者捡来放上去的。

望着那位坐在长凳上凝神阅读的老人，我不禁要问他手里读着的是莫泊桑的《项链》、波德莱尔的《恶之花》还是杜拉斯那部获得龚古尔文学奖的《情人》呢?

蒙马特高地上的艺术家

夏日的午后，一个美丽的女子在街角悠扬地拉着手风琴。她年轻、漂亮，指间的琴声同她的笑容一起灿烂起来，整个巴黎就展开在她面前的石阶下，整个蒙马特高地就是她的舞台。

我走在墓园纵横交错的小路上，四周静得只剩下风吹树叶和小鸟鸣叫的响动，心情总是如平镜一般纯粹，无论如何，这是一世浮华过后的最终归宿。沾染一身尘迹来到这里，心中却变得一派澄澈，仿佛脑海能够装下一片大宇宙。和国内陵园里齐刷刷、黑压压一片的标准墓碑不同，依据信仰和生前喜好的不同，这里的墓冢千姿百态。厚厚的苔藓遮蔽黄土，各式各样的石碑、石柱、石屋、十字架、天使、胸像，密密匝匝排列如林。印象派画家德加、音乐家柏辽兹，作家小仲马、司汤达、海涅、左拉等人就葬在这里，可谓名流云集。

在 1901 年树立的海涅的墓碑上装饰着丹麦雕塑家路易斯·哈瑟里斯(Louis Hasselriis)制作的大理石海涅半身像和

这位诗人的诗《何处?》

何处将是疲倦的旅人
获得最后安息的住家?
是在南国的棕榈树荫?
是莱茵河畔的菩提树下?
我将被那陌生人的手
藏在某处的荒漠之中?
或者我将永远休憩在
一片大海之滨的沙中?
不管怎样! 围绕着我的,
处处总是上帝的穹苍,
夜间,挂在我头上的星,
就像灵前的油灯一样。

这个嬉笑怒骂的犹太人,这个失意的情人,一辈子也没获得歌德般天神似的荣名,一辈子就是个平易的诗人。他在法国是个异乡人,又被他所批评的德意志故乡的人说成"Netzbeschmutzer"(糟蹋自己故乡的人)。在纳粹德国,他的作品被焚烧;在曾经的民主德国,他的作品由于政治原因受到误读。但是这一切怎么会影响他的不朽呢?

虽然已迁于先贤祠安葬,但这里仍保留着批判现实主义作家左拉原先的墓穴。半身像屹立在他的墓穴之上,在半身像之外又以赭红色大理石砌成一个拱形门廊的样子,使左拉看起来像在凭窗眺望。他神情严肃、面目凝重,好像仍在思考着如何将自己一生所从事的正义的事业进行到底,思考着如何用自己的笔为下层的如"娜娜"那样的穷苦百姓摇旗呐喊。

在司汤达的墓前我看到了"Scrisse, visse, amo"(写作者、生活者、爱情者)这几个字,虽然据奥地利作家茨威格记述:"他曾在遗嘱中专门指出要在墓碑上刻上铭文'Visse, scrisse, amo'(生活者、写作者、爱情者),可是,这几个词的顺序却被武断地颠倒了,所以我们看到的却是'Scrisse, visse, amo'(写作者、生活者、爱情者)。"无论是将写作放在生命的第一还是第二位,写出了《红与黑》的司汤达无疑是20世纪最伟大的文坛巨匠之一。

小仲马的墓在这里算得上奢侈了。整个墓冢被建成四方的墓廊,小仲马的雕像仰面躺着,四角矗立着的雕刻精美的柱子撑起了雕刻更为繁复的墓冢的顶部。看来,这位曾经生活在物欲横流的法国上流社会的多情才子至死都没有放弃对这种生活的追求。而在他的墓前，茶花正艳丽地盛开着。

淡雅、清静、质朴的灵魂栖息地，穿行其间，与一位位长眠者擦肩而过或相视对话，不禁感慨，无论时光如何流逝，他们的名字都将被历史铭记！

拉雪兹里的传奇

夕阳斜了，黄昏近了，在拉雪兹却不必担心会有小鬼出没的恐惧，一切都是那么自然，那般安宁。虽然接近闭门时间，仍有许多人手持鲜花来到这里，在他们敬仰的大师墓前鞠上一躬，表达敬意。很少有人会把公墓当作休闲漫步的地方，但拉雪兹公墓却是个例外，它更像是一座露天雕塑公园，这里有上百尊形态各异、工艺精湛的雕塑矗立着，3000 多棵树木发出的清香大大冲淡了墓园里的悲伤气氛，除了慕名而来的游人和拜祭的人外，还有当地人来这里散步、呼吸新鲜空气。

循着墓园地图，人们很容易就能找到自己敬仰或崇拜的人物：传奇歌手吉姆·莫里松、肖邦、巴尔扎克、普鲁斯特等。无论名人还是百姓，这里的墓碑铭文大多只有名字和生卒年月，不做任何雕饰，一如生命本身。拉雪兹墓地的石碑是装饰，更是一种生活态度。棺冢不耀示过去的辉煌，仿佛只是生命的一次平淡迁移，从生前到身后，延续着安详，抚慰着怀念！

法国意识流小说大师马塞尔·普鲁斯特的灵魂居所就是这样的朴素，比之普通人的并没有特别的地方，黑色墓碑上简单地写着生卒年月，毫无修饰地排列在高低错落的墓穴之间，人们需要深入泥泞潮湿的小路，细心查找才能发现。

走上一条大路，远远就看得见一座不同一般的墓碑，这是1900年客死法国的爱尔兰剧作家奥斯卡·王尔德的墓碑。按照他在诗集《斯芬克斯》中的意象，墓碑被雕刻成了一座小小的狮身人面像。碑身上印满了大大小小的唇印和爱心图案，颜色不同，深浅不一。这是前来祭扫的后人在一百多年间献上的。岁月让这些爱的痕迹沁入石碑，任凭风吹雨打……望着这尊造型有点怪异、满是吻痕的墓碑，我不禁想起了常被人引用的王尔德的诗句："我们都在阴沟里，但仍有人仰望星空。"(We are all in the gutter, but some of us are looking at the stars.)

我手捧鲜花寻找着心中的大师，一尊怀抱小提琴、沉浸在忧伤中的少女雕像把我引到了"钢琴诗人"肖邦的墓前。低矮的墓碑坐落在一个小坡上，墓前花团锦簇，看来全世界热爱音乐的人们都不曾忘记这位短命的天才大师。他与法国女作家乔治·桑的爱情故事让人津津乐道，也让人扼腕叹息；他那一首首如泣如诉的夜曲，缠绵悱恻，让人肝肠寸断，就像乐评家肖复兴评论的那样："肖邦的夜曲是一张温柔的网，打捞上来明静的夜色，也打捞上来你逝去的岁月和自己快要磨成老茧的心和已经风干成瘦筋筋腊肉一样的情感。"肖邦以 39 岁的年龄为后世留下了如此丰富的钢琴作品，着实让人惊叹，让人惋惜。

《国际歌》歌词的作者欧仁·鲍狄埃的墓在 95 区，墓碑很特别，形状如一本打开的书。书页的左边刻着鲍狄埃的生卒年(1816—1887)，右边是国际歌歌词："英特纳雄耐尔，就一定要实现！"

巴尔扎克的墓前有一座青铜胸像摆在高高的基石上，巴尔扎克举目凝视远方，颈项上挂着鲜花圈。在这里，人类伟大的灵魂一定与鲜花同在。

从墓上摆放鲜花的多少和新鲜的程度，就可以估计到安息在这里的灵魂的伟大与非比寻常了。在鲜花的引领下，我还在拉雪兹找到了喜剧作家莫里哀、诗人兼寓言作家拉封丹、美国舞蹈家邓肯、歌剧《卡门》的作者比才等人的灵魂归所。

大师们的精神温暖着冰冷的墓穴，走出拉雪兹公墓已是傍晚时分，街上疾行的人们，嘈杂的车声，墙内和墙外的生命，永无止息……时光静静流逝，如一首隽永的歌；歌声悠悠，吟唱出百年的风流，颂扬着千年的智慧。光阴荏苒，沧海桑田，时间的列车不会停顿，但这些智慧的结晶却会光耀千秋；日月如梭，斗转星移，作为物质的肉体终将逝去，而作为精神的灵魂将世代相传。正是这些历史的先哲、伟大的先驱共同辉映起了人类文明的苍穹，他们的名字将同他们的成就与精神一起成为不朽！

巴厘岛，不止是海

与美同在

乘着晚霞的余晖，巴厘岛就在那南纬8度的地方。

这一刻把心交给大海，凝眸微波泛起，一道道白色的浪花从遥远的天际嬉笑着、追逐着奔来；倾听它们的呢喃细语，让海风将衣襟拂动，让海浪将心灵涤荡；带上一块冲浪板，顺流而下，好不风流倜傥。风平浪静的时候，在白净的沙滩上印下你的脚印，用手指在沙里画一个心，写下你和他的名字，就叫永结同心，今生今世。此时，海浪声是爱的礼赞，海滩上的小生物是爱的见证。暮色中，带着你的他来金巴兰吧，夕阳还在天边挂着，你们被沐浴在金光中，波光粼粼，十指相扣，这一刻两人一世界！就这样在海边踱步，夕阳慢慢西沉，光线也更斜了，天空的颜色却愈发地红，红与蓝交织，成一幅艳丽的水粉画；海风吹来，红色的部分如红丝带般飘起来。丝带的形状不断变换，颜色也时浅时深，如果莫奈来过金巴兰，也许传世的还会有一幅《日落印象》吧。和着海滩上乐队的节拍一起载歌载舞，生命的热力在此舞动，爱情的礼赞在此放歌。夜色更深了，此时海滩如浸没在一幅剪影画里，或者说海滩本身就是一幅巧夺天工的剪影。夕阳如一个火轮、穿越层层云雾，用尽全力扯着最后的时刻散发出最耀眼、最夺目的光辉。燃烧一瞬间！终于大海吞噬了火球，晚霞释放最后一缕光辉。待夜幕完全降临，点上一盏烛灯，在烛火下和爱的人相偎着品尝新鲜的海鲜烧烤。海潮带来咸咸的空气，你们相视而笑，不言语却能读懂彼此的心意，人生何需更多？此生，请一定记得带上你的爱人来金巴兰享受最浪漫的时刻！

这里除了海，还有那世外桃源般的自然风光。抬眼处处棕榈葱郁，苍翠欲滴，阳光从树缝间钻出来，射下道道炫目的金光。远处山顶云雾缭绕，盛开着艳丽的热带花朵；近处榕树垂下长长的美公须，一副“老夫聊发少年狂”的英姿。“诗之岛”与“人间天堂”的美名看来不是浪得虚名。

叫人难忘的还有山坡上的层层梯田，正是播种时节，灌溉渠纵横交错，白色的房舍掩映在绿色之中。梯田翠绿翠绿的，水灵水灵的，偶尔几只小羊或几头牛在田间甩尾，寂静而安详，好一幅美丽诗意的田园画。有人说巴厘岛人是最会种水稻的，因为他们把水稻种成了风景。这层次分明，高低起伏、绿得让人心驰神往的梯田是巴厘岛上除了海以外的又一绝美风景。稻田不仅孕育了如画的风景，还孕育了巴厘岛上最负盛名的美味——脏鸭餐。当地居民把鸭子散养在稻田中，让它们整日自由自在游荡在田间，以捕食稻田中的小虫为生，因此鸭子的肉质鲜香味美，富有嚼劲，当地人诙谐地称其为“脏鸭”。品尝完脏鸭，我们的大巴从稻田旁驶过，正赶上学校放学，孩子们挎着书包、三三两两排着队从学校出来。见到我们的大巴，他们停下了脚步，冲着我们笑、挥手，黝黑的皮肤衬得他们的虎牙更加皎洁。他们笑得那么自然，那么朴实无邪，那么让人心动又叫人过目难忘！

美丽的巴厘岛，美丽的生活在这座岛上的人！

与神同在

一路车窗外望去，触目可及的是蓝天与白云，是椰子与棕榈，是不知名的各色鲜花，是高不超过二层的简易房舍。巴厘岛人信仰印度教，信奉万物有灵，他们把椰子树奉为神树，认为树上居住着神仙，因此当地的建筑高度均不能超越椰子树的高度，一般来说就是不能超过15米。我们入住的Grand Bali Beach酒店却是个例外，10层楼高的建筑是岛上最高的，为日本占领时期的产物。巴厘岛人家家户户都有一个神龛，形似小塔，他们每天得祭拜5次。每个村还有三种不同的公庙，遍布全岛的庙宇多达1.25万多座，因此被称为“千寺之岛”。树有树神，门有门神，铁有铁神，桥有桥神，因此，在整个巴厘岛，无论是海滩、酒店、街道还是住家，随处可见那些用来拜拜的供物。

我们来到巴厘岛的日子正快赶上他们的火神节，据导游介绍这一天整个巴厘岛将停电一天，一切跟火和电有关的东西都不得使用，巴厘岛人要在这一天让他们的“普罗米修斯”休息。岛上所有的人将足不出户一天，在家反省过去一年当中自己言行各方面的失误。这一天，巴厘岛的学校将停课，机场将关闭，商店将歇业，现代人生活的一切都将停顿。他们拿出事先准备好的冷食度日，在家中面壁思过，与神对话，祈求神的宽恕与原谅。作为以旅游业为经济命脉的巴厘岛，这一天的经济损失可以想象、无以估量，但是神让他们轻易做到了这一点。不止是信奉印度教的巴厘岛人，就是在巴厘岛上生活的外乡人也尊重巴厘岛人的宗教信仰，和他们一起迎接每个神灵的祭日。导游说他儿子最喜欢的节日就是书本节，因为这一天为了让书本休息，孩子们都不用读书。在这里神是无形的，又是无处不在的。

巴厘岛人的生活是原始的、纯朴的、安静的、简单的，好似这满岛的鸡蛋花，就那样自然地花开花落，亦如生活的本真。10 年前你见过的梯田，今天仍在原处等你归返。早晚供奉的规矩和沐浴的习惯百年不改，尽管观光客拿着 V8 群聚围观，巴厘岛人仍视若无睹过自己的日子。飞机带来了西方的先进物资，却无法将现代的科技文明渗透到巴厘岛人的生活中，这些先进的设施似乎只为当地的旅游业而存在；摩托车便捷了巴厘岛人的出行，却没有从根本上改变他们农业社会的生活方式。

巴厘岛人以他们的信仰、执著和守旧为我们保留了现代社会中的一方净土，他们世代过着固有的生活，过得那么有滋有味而原汁原味。当丽江古城里的当地人纷纷外出打工、操着四川口音的异乡人在古城里经营着客栈、餐厅、咖啡馆的时候，巴厘岛人依然以农耕为生，种植热带作物，饲养鸡、鸭、牛，纺纱织布，供奉神灵；当朱家角的年轻人陆续搬到新城区，留下祖父辈看守祖屋，叫卖扎肉蹄髈、粽子的时候，巴厘岛人祖祖辈辈在这片土地上生儿育女、繁衍生息；当号称最后的母系氏族的泸沽湖女人成为人们观瞻的对象时，巴厘岛的女人们头顶着沉甸甸的篮筐从我们身边婀娜而过，她们承担了家里的大部分活，洗衣做饭，插秧放牛，甚至盖房粉墙，巴厘岛上随处可见的发呆亭是专为男人休憩发呆而建的。无论时光如何流转、岁月如何变迁，巴厘岛人固守着他们的生活与信仰，丰衣足食、神灵保佑就是他们生活的全部；此外，他们不再奢求。一位巴厘岛人说得好："死亡就像云雨循环的变化，何须在意。专心一意地活在当下，用餐的时候喜悦地吃，睡觉的时候安详地睡，心无旁骛地过每分每秒，生活自然逍遥，一生当然快意。"

神的力量让他们淡定而从容。当我们因为高考、升迁、评职称而要去庙里拜拜时，我们发现巴厘岛人的信仰是如此与生俱来、根深蒂固，他们的信仰根植在他们生活的方方面面，他们时时刻刻、事事处处与神同在。他们或许原始，但却纯粹而坚定。纯粹却坚定的巴厘岛人让我们动容，让我们惭愧……

与艺术同在

巴厘岛不但景色迷人，文化同样令人着迷，因此又有"艺术之岛”“东方的希腊”之美誉。来到巴厘岛的艺术中心乌布(Ubud),便能嗅到那浓浓的艺术气息。蜡染、石雕、木雕等各种艺术工厂遍布整个小镇,使这里成为了远近闻名、游客如织的艺术风情小镇。当地人从小便开始学习舞蹈、蜡染、织布、石雕、木雕、手工制银等各种技艺。在这里,人人都是艺术家!

来到巴厘岛,首先留给我深刻印象的就是各家各户护墙和门楼上的精雕细刻。巴厘岛人擅长雕刻艺术,在这里彩绘雕花的木门、讲述神话故事的繁复石雕、色彩艳丽的木雕随处可见,都透露出了浓郁的艺术气息。为了迎接火神节,家家户户的门前、屋里都矗立起了自己雕刻的神像,形态各异,材质迥然,有的用木头、有的用泡沫塑料,还有的用了我们不知名的雕刻材料。巴厘岛的木雕中心还要数玛斯(MAS)村,据说村里人人都善于雕刻,其精湛的技艺、独特的风格遐迩闻名,有的珍贵雕品竟出自十几岁孩童之手。这里的大小木雕品店鳞次栉比,大多是工作和展示场所合二为一,连成一体。一走进作坊,就能闻到飘荡在空气中的木材的淡淡香味。观看更确切地说是观赏工匠们工作,让我不由得想起一句成语——鬼斧神工——来,看那刀起刀落、木屑翻飞,转眼一件精致小巧的工艺品就大功告成了。那精巧的做工、逼真的形象,真让人爱不释手。没有图纸,完全是随性而为,也绝没有雷同的作品,其巧夺天工的本领真让我大开眼界,叹为观止。

巴厘岛独特的风光还孕育了其别具一格的绘画艺术。当地的画家并没有经过多少理论的培养,其绘画所用的材料也极其简单,他们直接将胶和矿物颜料画在粗麻布或白帆布上,展示出来的却是他们超然的灵气和对自然的无比热爱,其表现田园风光和人民生活习俗的题材都具有浓郁的地方色彩,对世界绘画艺术的发展产生过深远的影响,就像普罗旺斯的熏衣草、向日葵滋养了梵高和塞尚,巴厘岛的美景也吸引了很多西方艺术家来这里寻找灵感,其中就包括荷兰印象大师高更和比利时画家马尤尔。1932 年,马尤尔来到巴厘岛上写生,在这风景如画的岛上邂逅了一位当地的漂亮女子,定居了下来。这位漂亮的姑娘后来成为了他的妻子,也成了他的现代派人体画作品的模特,他带有巴厘岛风格的作品有机地结合了土著画风和西洋风格,在西方画界引起了很大的反响。

巴厘岛人的古典舞蹈,典雅多姿,作为印尼民族舞中一枝鲜艳的奇葩,在世界舞蹈艺术中占有独特的地位。其中,“狮子与剑舞”表演最具代表性,这种从生活的灵感和古老热带丛林探险故事中演绎出来的舞蹈表现了善良和邪恶之间势不两立的争斗。代表善良与邪恶的双方经过几个回合,最终打成平手。当地人认为双方旗鼓相当代表着善与恶之间的斗争会无止境地继续下去,这正体现了他们朴素的唯物主义思想。这种舞蹈的难度并不在于演员的肢体语言,而在于他们眼神的翻飞,色彩鲜艳的服装道具也是吸引人的一个方面,因而受到了不同文化背景人们的青睐。

走在巴厘岛街头,随处可见身穿手工编织的"沙龙"的窈窕女子,虽然只是一块类似披肩的布,巴厘岛的女人却能将它穿出各种花样,亮出自己的身材,秀出个性与时尚。与编织同样令人叫绝的是巴厘岛的蜡染工艺。别以为蜡染中国多的是,不足为奇,要知道巴厘岛的"仁辛科"是世界上仅有的分经纬染色后编织而成的,一件服装需耗时数年,不过现在也极少见到了,那是有身份的人在重大祭祀时才穿的。

与爱同在

乌卢瓦图的"情人崖"是第一次来巴厘岛的人都要来看看的地方。

站在悬崖之上,印度洋就在你脚下。远眺,海从远处奔腾而来,在这里慢慢舒展开来,像一朵巨大的花瓣,盛开着、美丽着。所有奔走的东西都停下来，风、时间、夕阳、海浪，还有那些故事……传说，当地一个村长的女儿与一个贫穷的读书郎相恋了，门第的悬殊使两人的爱情注定得不到祝福。绝望之下，就在这悬崖边，两人双双投海殉情。远远望去，情人崖好似一位壁立千仞、饱经风霜的gentleman，坦然而坚毅地站在那里，无论巨浪如何像皮鞭一样抽打着他，他始终屹立在那里、张开双臂，将一切的苦痛与磨难收纳，将一切的仇恨与悲伤化解，苍劲有力与凄美哀婉铸就了“情人崖”永恒的美丽。

站在“情人崖”上，我不由得想起了几年前在巴厘岛拍摄的一部韩剧《巴厘岛的故事》(又译《巴厘岛的日子》)。财阀家的二公子郑在民有一位严厉粗暴的父亲，一位视家族利益高于子女幸福的母亲，和一位随时准备独吞家产的兄长。在这个物欲横流的家庭里面，他无法得到爱，也不奢望得到，只要在外面挥金如土、逍遥快活就足够了。亲情和爱情都不是他生活的必需品，同豪门千金崔英珠的包办婚姻将是他对这个家庭的最大贡献。对此，郑在民并不觉得有什么不妥，直到追踪未婚妻英珠和她曾经的恋人姜仁旭来到巴厘岛，遇到李水晶，这个9岁时父母双亡、与哥哥相依为命，梦想有朝一日能够改变自己命运的旅行社职员。在英珠的嫉恨下，在民终于醒悟到自己真的喜欢上了水晶,但是惧于父亲的威严,最终还是与英珠完婚。当他得知水晶和仁旭一起回到巴厘岛后,绝望的他决定报复!酒店里,水晶对仁旭坦白她真正爱的人是在民。此时,在民出现,扣动了扳机。临死前,水晶终于抛弃了自尊对在民讲出了自己的真心话“我爱你”,但这也成了她的遗言。看着心爱的女人死去,在民的心也随之而死。他来到海滩上,在落日的余晖中,举枪自尽。一切的孽缘从巴厘岛开始,也在巴厘岛结束……

海风拂面,带来丝丝的凉意;天边云层很低、很厚重,雨季的巴厘岛傍晚时分好像总会有大雨滂沱。电视剧开始时的镜头又在我脑中闪现:水晶充当导游,开着吉普载着各怀心事的在民、英珠、仁旭共游巴厘岛,那时的水晶快活地讲着、笑着,生活的重压丝毫没有在她脸上留下痕迹,她笑得那么灿烂,一如这巴厘岛的鸡蛋花,然而她最终得到的却是这样一个让人唏嘘的悲剧收场。古往今来,古今中外,多少的爱情因为一副现实存在的“门当”“户对”,将相爱的两个人隔在两个世界中,从西方的罗密欧与朱丽叶到东方的梁祝化蝶,从电视剧里的郑在民、李水晶到现实中的李泽楷与梁洛施,一幕幕的悲剧在小说、戏剧与现实中上演。爱情是个亘古不变的主题,让人歌颂,令人向往,叫人羡艳,只因真爱难寻,抑或相守太难?沙滩上一对对情侣、新人似乎在告诉我答案，他们手牵着手奔向大海，奔向他们的幸福人生，新娘的婚纱在湛蓝的海水与天空间飘起来，愈发地洁白无瑕，如朵朵白云绽开在水天之上。

巴厘岛不缺乏爱情！巴厘岛，与爱同在！

德奥

站在柏林墙下

海德堡全景

奥地利萨尔茨堡莫扎特出生地

歌德肖像和歌德座椅

莫扎特在萨尔茨堡的居住地

站在柏林墙下

此次德国之行的第一站是柏林,此次柏林之行的第一站是柏林墙。柏林墙的名气实在太大,以至成为绕不过去的风景。

放下行李,坐上 300 路公交车,我便来到了“东边画廊”,也就是曾经的柏林墙的一段,也是现存的最长的一段柏林墙。这里现在已经成了一个遗址公园。由于是周末,许多当地人在这里休憩散步,河边的堤岸上街头艺人在低低吟唱,萨克斯的妙音在晚风中悠远悠长。这堵绵延 1316 米的墙上都是艺术家们的涂鸦作品,是 118 名来自 21 个国家的艺术家们的创作,而其中最出名的是莫斯科艺术家迪米特里·弗鲁贝尔创作的前苏共中央总书记勃列日涅夫亲吻前东德最高领导人昂纳克的那幅。据艺术家本人回忆:“我在巴黎偶遇的女孩到了莫斯科,她给了我一张勃列日涅夫和昂纳克接吻的图片，然后说，‘这看上去太酷了，你得画这个。’那是张令人心生厌恶的图片，我几乎想把它扔了，但惯性思维令我开始思考是否能以艺术的形式保存它，而且这张照片不知何故深深地印在了我的脑海中。”后来，弗鲁贝尔将它画在了纸上，被一个朋友看到，朋友说：“你要能将它画在柏林墙上就好了。”[①]没想到一语成谶，今天不止柏林墙上，冰箱贴、马克杯上都画着这一吻，它成为了一个符号，一幅标志性的作品。印着它的文化消费品不止在“东边画廊”出售，而是在整个城市的旅游纪念品商店出售。这幅画已成为历史的一部分，柏林的一部分，因为这是对过往历史的记录。我到的这天，游客特别多，也许是周末的缘故，他们穿着各地服装，说着各种语言，却都在这幅画前排队，争先恐后地摆出各种pose与之合影留念。

参观完柏林墙，我又步行来到了几公里外的查理哨所，这是柏林墙沿途7个过境站中唯一保留下来的。它还保持着原来的样子，但却不复当年的恐怖，只有堆垒着的沙包掩体和装扮成哨兵的人还在暗示着历史的波涛汹涌。在柏林墙存在的28年间（1961—1989年）共有176名东德人为了翻越它去到理

① 参考《弗鲁贝尔：我画了柏林墙上的“兄弟之吻”》。

想中的自由富足之地——西德而命丧于军警的枪林弹雨下。这样的殉难者不胜枚举，简直可以说是前仆后继。第一个命丧柏林墙下的是一个24岁名叫利特菲恩的青年，他试图翻越柏林墙，但一颗子弹击穿了他的心脏。翌日，东德报章的标题是《盗窃者、叛国者利特菲恩被就地正法》。最让人唏嘘和震动的是年轻人布鲁希克，他和同伴开着大客车撞击柏林墙。但是，他的“壮举”一开始便被军警发现。军警向客车疯狂扫射，客车起火燃烧但仍撞开柏林墙，冲入西柏林。西德人民欢呼着迎接这些英雄，却发现驾驶座上的布鲁希克身中19枪，在客车冲入西柏林的那刻停止了呼吸。就在1989年11月9日柏林墙倒下的几个月前，刚满20岁的克利斯成了最后一个倒在柏林墙下的越境者。[①] 今天，查理哨所前人头攒动，仿若闹市，人们络绎不绝地来到这里，争相与哨兵合影。路边的小贩兜售着东德的军装大衣，还有能捂住耳朵的绒帽。旁边露天的柏林墙博物馆里，可以看到那句著名的“逃亡为发明者之母”。的确，在这里你可以看到自制的潜水艇和热气球，当年的东德人为了逃亡可以说是到了无所不能的地步。

我沿着菩提树下大街往回走，排排栗树和四季常绿的菩提

---

① 参考百度百科。

树婆娑成行，微风吹来，婀娜多姿。大街两旁林立着使馆办公楼、豪华酒店和奢侈品店，鳞次栉比，让人流连忘返。秋风送爽，我在这条大街上徜徉，不出意外地发现万国表、迪奥和奥迪，还有法拉利与宾利等世界知名品牌都在这里安营扎寨。这条通向柏林地标——勃兰登堡门的大街有如通向凯旋门和埃菲尔铁塔的香榭丽舍大街一样，是一条有着悠久历史又处处散发着现代气息的人气聚集地。可是要知道在德国统一前，菩提树下大街是属于东柏林的，那时的景象绝非今日所见。对于当时的东德居民来说香蕉是奢侈品，而绝非今天的爱马仕与巴宝莉。大街一端的电视塔就曾是前东德的国家电视台，它曾经是东德进行对内对外社会主义宣传的最权威渠道。可叹的是，它对外没有能够让西方世界乖乖归顺，对内也没有能够永远地蒙骗人民。

伫立街头，我试图寻一些东德的印迹，然而并没有，只有赫鲁晓夫火柴盒式的红色房子如活化石般在诉说着曾经的历史，也许以后它也会被推倒重建，成为底片上的记忆。

继续朝柏林爱乐音乐厅的方向走，途经波茨坦广场，这里是柏林的又一大商业区，也是曾经的东柏林的地界，上面立着7块从别处搬过来的柏林墙墙砖。1953年这里就曾爆发了流血的第一次反苏大型游行示威。现如今这里比原先的西柏林更为繁华,布满了各种充满现代感和创意元素的建筑,比如日本人投资的索尼中心,每天上映着 IMAX 电影。乐高中心、德国国铁总部大楼和戴姆勒大楼等也都造得高耸入云,我在这里喝到了来德国以后的第一杯星巴克咖啡。据说为了造这些摩天大楼德国政府拆除了大量赫鲁晓夫式的建筑。这里还有一条和好莱坞一样的星光大道,上面有着世界各国电影明星的手印,每年 2 月的柏林电影节就在这里举行。

在今天,倘要了解当年东德人的真实生活只能去到位于与柏林大教堂隔河而望的东德博物馆一探究竟了。这里有上万件展品,部分区域还还原了东德人的家庭生活。你可以走进厨房,可以打开东德家庭的衣柜和酒柜随便翻看,甚至可以品尝东德特有的被称为 Vita-Cola 的饮料。当然,你还可以在门口的“特拉比”汽车上坐一坐。“特拉比”在德语中是卫星的意思,这个名字起于 1957 年,那一年,社会主义阵营的苏联“老大哥”成功发送了第一颗人造卫星。这是一款始终没有改变造型的东德家用车。柏林墙倒塌后,许多东德人开着特拉比涌入西德。与西德生产的“大众”相比,“特拉比”在性能上实在太差了,有了比较的东德人遂很快将其抛弃。如今,只能在博物馆里才能见到这种“藏品”了。

与它一起消亡的还有东德的文明或者只能称作文化。当年炙手可热的东德作家康特的书风行一时，是全国（当然是民主德国）莘莘学子的必读作品。现在，书绝版了，没有人愿意再印，也没有人知道康特的名字。

从东边画廊到波茨坦广场，这一路走来，我不禁在想，东德人的历史进了故纸堆，东德的文化没有了，多元的文化被瓦解了，被强大的西方文化吞噬了。代表东德的政治也式微了，人们只能在博物馆里约见逝去的东德。曾经属于东德的菩提树下大街和波茨坦广场毫无昔日的踪影，全是西方文化的影子，唯有几块柏林墙砖还昭告曾经的历史，告诉后辈的我们：东德这个政权曾以国家的名义存在过，而现在它已经在世界地图上消失了，成了历史书上的专有名词。

龙应台说：“1990年，德国统一了，西德文化吞噬了东德。被统一的知识精英站在急流中，眼睁睁看着脚下本土文化的沙洲不断地被冲击流失，几乎不再有落脚的寸土——他们已经开始了内在的、心灵的流亡，在自己的国土上流亡。流亡的人，就是那失去历史诠释权的人。”

我想，“统一”这个词在柏林墙倒下的语境里本身是个中性、中立的词，不该是“秦吞六国”式的统一，是“合并”而非“兼并”。不论是政治上还是文化上都应该是互相的融合，是“你中有我、我中有你”的“哥俩好”。如同接吻，是你侬我侬，是互相献出自己的情感，进而走向水乳交融的升华。然而，事实却是强大文明对弱势文明的侵略与碾压，是以美国为代表的西方文明的全盘胜利，这是强暴，不是爱的吻。

一边是诗，一边是哲学

我把心儿遗忘在海德堡，
在一个温暖的仲夏夜。
我的耳朵也充满了爱情，
她的嘴唇好像玫瑰含笑。
当我们在大门前告别，
我清楚记得那最后一吻。
我把心儿遗忘在海德堡，
我的心啊在内卡河边狂跳。

——歌德《我把心儿遗忘在海德堡》

海德堡是一座具有千年历史的古城。它的德文名

Heidelberg,是1196年在海德堡附近一座修道院的证书上第一次被提及到的。从科隆一路坐火车南下,沿途都是莱茵河的美景。作为莱茵河的第四大支流,内卡河在这里静静淌过时间的年轮。如果把蜿蜒的内卡河比作一条流动的丝带,那么海德堡这座古城便是这条丝带上缀嵌的最耀眼的明珠。它依山傍水,夹在内卡河与莱茵河之间的丘陵地带,使这座古城成功躲过了二战的浩劫。

著名的海德堡古堡就雄踞在高出内卡河海拔200多米的王座山(Knigstuhl)上。它是一座红褐色的古堡,也是海德堡这座古城的标志和象征。在这个多彩的秋季,红褐色的古堡矗立在黛青色的山上,在黄色落叶的映衬下释放出绚烂迷人的魅力。尽管已经满目疮痍,但这座屹立着的美丽的大城堡却"残破而不失王者之气,如同风暴中的李尔王。"(马克·吐温语)在飒爽金风里穿越历史,在满目沧桑里品味美感!这是这座城堡给我的最直观的感受。乘坐小火车抵达古树参天的山顶,沿碎石路前行百余米,可见一座欧式石城门,虽然城墙多已损毁,但这座石城门及其雕刻却保存完好。海德堡古堡本是选帝侯的宫邸,这座始建于13世纪的古堡历时400年才完工,后又几经破坏，成为了如今略显残破的样子。[①] 它是俯视整个海德堡老城的最佳位置。在断壁残垣间徜徉，触摸历史的沧桑，感叹时光流变，世事无常。

走在城堡花园里，落英缤纷，银杏的黄叶铺满一地，踩在上面如踏在松软的地毯上，发出沙沙的声音。花园的一角矗立着德国大文豪歌德的肖像，不远处有一张石椅，被称为歌德座椅。座椅上方刻有歌德的诗句“于是哈特曼感觉到了春的气息和夏的激情”，座椅下方刻着歌德的情人玛丽安娜的诗句“高墙开花之处，我找到了最爱的他”。

据传，1814 年的夏天，已是 65 岁老人的歌德在法兰克福的老朋友银行家维勒玛的家中见到了玛丽安娜。这位 30 岁的舞蹈演员对诗人仰慕已久，交谈中，诗人被玛丽安娜的艺术才华所折服，两人碰撞出爱情的火花。9 天后，玛丽安娜嫁给了维勒玛，做了银行家的妻子。然而，歌德与玛丽安娜的恋情并没有结束，两人以诗传情，缱绻异常。1815 年夏末秋初，歌德来到海德堡，这是歌德第 7 次到这座美丽的城市，而玛丽安娜此时正住在海德堡。于是，两人便在这古堡中秘密幽会，互相倾诉爱慕思念之情。歌德为玛丽安娜朗诵自己的诗篇，送给她

---

① 参考《海德堡古城堡，那抹王者之气的沧桑美》。

银杏树叶。

尽管你隐身藏形，千变万化，
最亲爱的人，我会马上认出你；
尽管你脸上蒙住魔术的面纱，
无所不在者，我会马上认出你。

从那柏树的纯洁、蓬勃的朝气，
发育健美者，我会马上认出你；
在那运河的情结、生动的水里，
最迷人的人，我清楚的认出你。

——歌德《尽管你隐身藏形》1815 年 3 月 16 日

歌德对玛丽安娜炽热的情感幻化成一首首诗篇，收集在 4 年后出版的《东西诗集》中。

这竟然可能！星中的明星，
我又把你紧紧抱在怀中！
唉，分隔之夜，那是何等

无底的深渊，无限的苦痛！
是的，就是你！对我的欢情，
你是甜蜜可爱的佳偶！
我想起了过去的苦闷，
我就要为眼前而发抖。

——歌德《重逢》1815 年 9 月 24 日

这天上午，玛丽安娜突然来到歌德住所，歌德喜出望外，写下了这首《重逢》。城堡的玫瑰色在落日余晖中闪闪发光，花甲之年的歌德跌入了爱慕玛丽安娜·冯·维勒玛的苦海之中，他把她变成了诗集中的“苏莱卡”（阿拉伯女子名的德语音译）。

两人的秘密爱情直到两人都去世后才被人们发现。100 年后，海德堡市政府为了纪念歌德与玛丽安娜的爱情，在他们曾经幽会的海德堡城堡花园的一侧安置了这张石椅，座椅靠背上雕刻着象征爱情的戴胜鸟的图案。

而在海德堡城堡外面伊丽莎白门旁，则竖着一块玛丽安娜纪念碑，上面写着玛丽安娜在歌德 75 岁时写的追忆他们的爱情的一句话：我在这里爱过和被爱过。

其实，不止是歌德，维克多·雨果关于这座小城也曾情不自禁地说道:“我来到这个城市10天了……而我不能自拔。”在这样一个轻易地就纠缠了情感的地方,好像每个人都会变成诗人。许多人都曾在内卡河畔汲取了创作灵感从而使这座小城成为那个时代浪漫主义的神殿,其中就包括另一位在德国与歌德齐名的大诗人——艾兴多夫。

河泽之畔,水汽氤氲,
磨坊有轮,终日旋转。
吾之所恋,曾居此间,
踪迹渺然,遍寻不见。
往日追寻,伊人青眼,
戒指相赠,以此为信。
另嫁他人,背离诺言,
吾之指环,裂为两半。
背起行囊,抛却怅惘,
吾之所向,山高水长。
智者所兴,吟游歌唱,
衣以百褐,传道他乡。
披上戎装,奔赴沙场,

吾之所向，保民卫邦。
勇者所往，戎马边疆，
卧于营帐，朔风呜响。
水轮悠扬，我心怅惶，
无所可傍，无处安放。
寻求死亡，或得安详，
痴心不改，一如既往！

1807年至1808年间，艾兴多夫在日记中写道，他对一个名叫凯茜·福斯特（Käthchen Förster）的姑娘的爱情无疾而终。后者另嫁他人。当他在海德堡的山上行走时，一块纪念石让他想起了她，激发了他创作这首诗的灵感。1813年，这首题为《我心如故》的诗以“弗洛伦斯”的笔名出版，这个笔名的意思即为“森中诗人”。

如果说海德堡是一座以灵秀气质取胜的城市，那么，它好似有咒语般的力量，能使最美的东西得以保全，随着时间的流逝，永远不会挥发掉。歌德把心遗失在海德堡，马克·吐温说海德堡是他到过的最美的地方。

山脚下，内卡河缓缓流淌，如银色曲线一样缓缓折向远方，偶有比翼的天鹅惊起涟漪朵朵。河上有一座古老的红色拱桥，优雅得仿若处子临水独鉴，歌德曾赞："从此地远眺的景色远非世上任何一座桥所能企及。"这就是内卡河"老桥"。这是一座有 9 个桥拱的石桥，跨越内卡河南北两岸，最初由选帝侯 Karl Theodor 于 1786—1788 年间设计建造。河南岸的桥头有一座桥头堡巍然耸立，与山上的海德堡古堡遥相映衬。桥头堡是两座 15 世纪遗留的 8 米高的圆塔，是老桥最古老的部分。塔下面的门洞原来是海德堡老城的入城口。桥门旁有一个铜猴雕塑。这个位置的铜猴在 15 世纪时就已出现，当时它是"丑陋、无耻、欲望和虚荣"的象征，用来讽刺政府收取的过桥费，也表达了桥门内外众人平等的含义。今天的铜猴，已是 1979 年的作品，过桥费早已废止，它给经过老桥和桥门的游客带来更多的是愉悦。抚摸猴子左手上的铜镜，会带来好运；握一握猴子的右手手指，就是他日重回海德堡的祝福；而一旁的一对铜鼠，是雕塑家的签名，也有多子多福的含义。这已是自古罗马时期以来，在这个位置上的第九座桥梁，二战快结束时，盟军没舍得轰炸海德堡，但德国人自己炸毁了包括这座古桥在内的几座桥梁。战后，海德堡市民发起重建，新石桥于 1947 年 6 月建成，也是现今海德堡地区内卡河上最古老的桥。桥上有两座雕像，靠南面的是选帝侯卡尔特奥多(Kurfuersten Karl-Theodor),靠北面的是智慧女神雅典娜(Pallas Athene)。[1] 海德堡老桥是连接内卡河南北两岸的纽带,是海德堡秀美和灵气浑然天成的点睛之笔,也是留存在海德堡明信片上除城堡以外的另一焦点。

拱桥对岸是一段连绵的山坡,在散落的星星点点的炊烟人家中一条名为“哲学家小径”的羊肠小道逶迤而上。这条名为“哲学家小径”的哲人之路就位于内卡河以北、圣山(Heiligenberg)南坡的半山腰,与海德堡城堡隔河相望,是一条约两公里长的散步小径。因其风光宜人,又静谧适合思考,在历史上颇受教授、学者和哲学家们的喜爱,他们经常于此地逡巡,捕捉思想的灵感。现在,小径仍然是隔岸俯眺海德堡老城的好地方。龙应台在《山间小路》中提到这条小径时这样写道:“海德堡古城临河,河对岸山坡上有条羊肠小径,蜿蜒数里,覆着野花或莓果,看季节变化。小路无人不知,因为历代哲学家歌德、亚斯培斯、黑格尔、韦伯、海德格尔……都曾经在路上徘徊。从‘哲学家小径’远眺,可以望见古城的石墙红瓦和渐行渐渺的河景。”

---

① 参考百度百科。

没错，在这条小径上漫步、停留、思考、迷茫、彻悟的哲学家有黑格尔、心理学哲学家雅斯贝尔斯（Carl Jaspers）、诠释学哲学家伽达默尔（Hans-Georg Gadamer）、社会学家哈贝马斯以及存在主义哲学大家海德格尔。而如此诗意地描写一条树影斑驳的山间小径，皆因“惟此有才，于斯为盛”。纵观整个西方哲学史，德国的哲学家占了半边天，借用这副湖南湘江之畔岳麓书院门前的绝句来形容德国哲学界以及海德堡大学的江山代有才人出，实不为过。

黑格尔在海德堡大学教过两年书，据说最喜欢在这条小路上一边散步一边思考。从他在普洛克街的家走到这条小路，大概需要 20 分钟，但不知当年哲学家眼中是否真有这些风景。他一贯的人生态度是：“人的性灵应当超脱日常生活中平凡的琐屑兴趣，而虚心接受那真的、永恒的和神圣的事物，并以虚心接受的态度去观察并把握那最高的东西。”①

坐在被午后阳光晒得暖烘烘的石凳上，呼吸着树荫下温润的空气，我的脑子里迸出一个个哲学名词，康德的“物自体”、黑格尔的“世界精神”、谢林的“自然”、叔本华的“意志”、尼采的“权力意志”、海德格尔的“此在”……这一个个离现实那么遥远

① 参考《海德堡：哲学家路过之地》。

的概念世界却直指现实世界的症候，为现代人的精神生活设定最基本的价值观。他们让我想到了德国哲学的精神传统——即应该有一门学科，用一个统一的有关世界的图景把人类所有的知识结合起来，而这个学科必须是哲学。①

20 世纪，海德堡大学的哲学系主任很长一段时间由迦达默尔担任，他也是 20 世纪德国哲学界的巨擘之一。迦达默尔不同于一般的西方哲学家，他反对西方中心论，非常尊重非西方的文化。1989 年在纪念海德格尔 100 周年国际学术讨论会上，许多非西方的学者都簇拥着这位哲学界的泰斗，但他却在分组讨论会上坐在第一排认真聆听一位来自非洲的年轻学者发言。迦达默尔对持不同观点的人非常宽容和尊重，在他担任哲学系主任时主动聘请了与海德堡哲学界观点不同的哈贝马斯为副教授，他认为不同学术观点的交锋有助于推动学术的发展。此后几十年，他们二人的论战不断，但是友谊不减，他们都确信，思想争论的结束，就是哲学家的死亡。作为 20 世纪德国哲学的领军人物之一，伽达默尔退休后仍作为荣誉教授留在海德堡，偶尔也给学生上课，但更多是邀请各种思潮的人物来海德堡演讲和讨论，直至他 102 岁谢世。

---

① 参考《海德堡：哲学家路过之地》。

秋日的午后空气清澈明净，在山坡上极目远眺，老桥、古堡、尖塔、河流，尽收眼底。再往上走，空气更加清冽，层林尽染，气象逐渐开阔。树林里光线瞬息多变，随便挑一张山间长凳，闲看青山白云，倾听对岸教堂的钟声，偶有结伴跑步的年轻人和步履蹒跚的老人从身边经过。突然想起在哪本书里读到的雅斯贝尔斯的一句话："以一种宁静而有限的眼光来看这个世界，并对所看到的世界感到满足，对于求知事物的渴望，以及对各种限度的疑问——所有这些都是哲学。"

游走在内卡河的两岸，一边是海德堡的浪漫与唯美，一边是德国人的理性与智慧；一边是诗意德国的缩影，一边是哲思民族的底片；一边是浪漫主义的感性恣意，一边是哲学研究的精细严谨；一边是完全灵感型的、非逻辑的天马行空，一边是充满抽象概念与智力辨析的形而上。海德堡见证了中世纪以来一次次的历史变迁，启迪着一代代德意志民族的哲学家和文学家。它的美让去过的人难以忘怀，让没去的人心驰神往。一座城市的味道，一定脱胎于它的历史与底蕴，海德堡就是这样一个颇有味道的地方；它让我想起在哲学家小路上，唯一留下名字的，是一位诗人——荷尔德林。在一个僻静的角落，几枚熟透了的李子在清晨的阳光中散发出淡淡的果香，红砂岩的石碑

上刻着他的几行诗,当然是赞美海德堡的:

灌木丛繁荣其上,直铺深谷,
背靠山丘或怀抱河滩,
蔓延你欢乐的小巷,
它们休憩在你芬芳宁静的花园之下。

于是,我在海德堡大学的一隅坐下来,要上一杯咖啡,任和煦的斜阳洒在肩上,留下弯弯的剪影,看树叶静静落下……

天使降临萨尔茨堡

萨尔茨堡是奥地利的第四大城市，和欧洲其他许多漂亮的小镇一样，阿尔卑斯山脚下的萨尔茨堡就像一件圣诞节的小饰品镶嵌在围绕着它的奥地利平原上。

萨尔茨河缓缓流淌，把城市分成新城和旧城两部分。进入老城区要经过巴克小桥，它是萨尔茨堡的“情人桥”。桥梁不能通车，但可以漫步桥上。桥上挂满了各种各样的同心锁，恋人们将锁锁在桥上之后，把钥匙扔入河中，寓意着天长地久、永不分离。萨尔茨堡城内的建筑多为巴洛克风格，一座座各具特色、历史久远的尖塔教堂和修道院，绿树成荫的园林和千姿百态的喷泉使得这座山城始终沉浸在童话般的氛围之中。

漫步在萨尔茨堡街头，到处是各类音乐演出的宣传画，无论走到哪里都能听到回旋的音乐声，街头艺人更是随处可见。在萨尔茨堡，音乐俨然成为人们生活中必不可少的一个部分，就像吃饭睡觉一样融入了人们的日常生活和身体细胞中，就连面包房里售卖的面包都是音符和小提琴的造型。在这里琳琅满目的橱窗里摆放最多的还是一种叫做莫扎特的巧克力。这种由开心果、杏仁糖、牛轧糖和巧克力制成的球形巧克力，裹上印有莫扎特头像的锡纸包装是这里销量最旺的伴手礼，据传这种巧克力是由萨尔茨堡的宫廷糕点师在1890年发明。对于广大游客尤其是乐迷来说，萨尔茨堡就是莫扎特，莫扎特就是萨尔茨堡。莫扎特在萨尔茨堡共有两处故居，一处是位于老城区粮食胡同9号的出生地，另一处则是位于新城区马卡特广场8号的“舞蹈教师之家”。

穿过巴克桥，就来到了位于萨尔茨堡老城区的“粮食胡同”，它是萨尔茨堡最繁华也是最具魅力的购物街。石板铺就的街道十分狭窄，但也别有风情，街道两旁的建筑完好地保留了中世纪的风格，色彩各异，装饰着精美的浮雕和飞檐。从顶级品牌到当地特色的小店应有尽有，最特别的是每家商店的标牌都沿袭着古老传统的铁艺招牌。在老街上闲逛，我发现，整条街上每家店铺的招牌（也就是商号）都是用铁铸造的，上面还保留着古代的驿车号、车轮、鹅、鹿以及挂着帽子、鞋、雨伞等标志，很形象地告诉人们这家店铺是卖什么的。在这条街上人们流连驻足最多的还是9号那幢6层米黄色的房子，莫扎特就出生在这里。在三、四层楼之间的外墙上镶着很大的白色艺术字："莫扎特出生处"，楼上还挂着一面长长的奥地利国旗，从六楼一直垂到二楼。在拱形大门旁刻有"莫扎特博物馆"几个字，顶端有莫扎特头像浮雕。

1756年1月27日，"萨尔茨堡的奇迹"就是在这里拉开帷幕。他的父亲利奥波德·莫扎特是一位令人尊敬的作曲家和出色的小提琴演奏家。4岁时，小莫扎特便能凭记忆准确无误地弹奏出许多短小的音乐片段。之后一年内，他已经开始自己作曲了。故居里至今保存着他6岁时创作的乐谱。如今，在故居里还保存着莫扎特的一缕金色遗发，供人们前来瞻仰。故居的资料上显示着其父亲发现小莫扎特惊人天份时的喜出望外。他们家的好友、小提琴家和宫廷小号手安德烈亚斯激动地记录下了当天的情景：他的父亲问道："你在做什么呢?"莫扎特回答道："我正在为键盘乐器创作一首协奏曲。很快就好。""给我看看。"他的父亲说。最初，他只是对这些看似明显毫无意义的东西付之一笑，但紧接着他开始读出了其中的主题、音符、结构。他更加认真地边看边思索着，最后流下了惊喜愉悦的泪水："看！这曲子是多么准确流畅呀！可惜它可能没什么用处，因为它太过艰深晦涩了，世界上根本没人能够演奏它。"这时，小莫扎特插话道："所以才叫协奏曲呀！要想练好很难的！"说着他开始演奏起来。

1761年的9月1日，莫扎特在萨尔茨堡大学首次登台演出，那年他刚满5岁。在这之后的十年间，莫扎特在父亲几乎不间断的陪伴下，进行了一系列漫长而繁重的音乐演出旅行。从故居现存的资料中，我看到莫扎特的父亲不仅是一位出色的小提琴家还是一名精明的财务官，一位善于社交的外交官。每次出发前，他的父亲都会对需要携带的盘缠、沿途的驿站甚至路上所需饮用的水都提前规划并携带好。对于小莫扎特一路上所受到的贵族般的礼遇，莫扎特的父亲都会起草好文案，发给认识的报社的朋友，于是从故居展出的资料上我们看到莫扎特每到一处所引起的轰动和所创造的奇迹都能够不失时机地见诸报端。

当莫扎特一家抵达维也纳，奉命来到美泉宫演出时，他们受到了皇室规格的接待。以至于，今天当我参观美泉宫时，介绍美泉宫的语音导览器依然对莫扎特在美泉宫的表现给予了特别的描摹:“莫扎特迷住了所有人,特别是当他蹦跳着扑进皇后的怀里,双手圈住皇后的脖子,给了她一个大大的亲吻。”我们不知道这种纯熟得令人击掌称道的6岁孩子的社交表现是出于莫扎特孩子般的天真还是其父后天的刻意培训。“我的父亲,犹如上帝”是莫扎特童年时代的座右铭。和上帝一样,父亲既是给予者又是控制者。从莫扎特留在故居里的资料来看,利奥波德作为家长的黑暗面并没有随着岁月的流逝而明亮起来。他剥夺了莫扎特作为孩子所应该接受的学校教育还有同龄玩伴的友谊。莫扎特从未去过学校,在占据他童年大部分时光的旅途中,他的时间几乎都是和成年人一起度过的,他唯一的玩伴和倾吐对象就是自己的姐姐。而这一切仅仅是为了成年人的利益——首要的就是为了父亲的利益。当莫扎特因患上猩红热而不得不卧病在床时,皇室成员和其他的贵族带着大量的金钱、珠宝和昂贵服装来看望他,这些钱相当于其父两年多的薪水。无疑地,天才莫扎特给利奥波德带来了名声、财富和超乎想象的父权。

在结束了三次前后跨度长达十年的巡欧之旅后,利奥波德计划着和儿子一起去教廷谋求一份乐师的稳定而体面的职位。他心里谋划的安排是这样子的:儿子是家里主要的经济支柱,而被授予神圣父权的他才是统领整个家庭团结合作、兴旺不衰的一家之长。此时的莫扎特已处于青少年后期，他期待着离开萨尔茨堡，投身到更广阔的世界中去。和其他同龄人一样，他渴望着振翅高飞，尤其是对于这样一个音乐天才而言。但是，受惯了父亲的溺爱和照顾，在许多方面还仍然是一个涉世未深、羽翼未丰的孩子。要如何处理收拾行装、签约演出以及处理纷繁芜杂的生活琐事呢？于是，我们看到从慕尼黑到巴黎到曼海姆，他一次次地碰壁，他总感觉这些城市的传统观念和发展机会都不符合自己具有创造性的性格和人生观。

1773 年，在意大利受挫的莫扎特重返故里，从粮食大街四层狭小局促的公寓迁至萨尔茨河对岸新城的马卡特广场八号。在这里，我看到了许多弥足珍贵的莫扎特与父亲的书信往来。在这些信里，我看到莫扎特一向顺从的性格正遭受着巨大的心理压力。而那个在莫扎特成长早期以及之后的岁月里如影随形、无处不在的父亲依然什么都没有改变，他一直反复强调的都是整个家庭的生计。愧疚之感在莫扎特心中层层堆积，他最终让步了，接受了父亲为他找到的萨尔茨堡大主教宫廷管风琴乐师的工作。但诚如他给父亲的信中所陈述的那样："我必须告诉你，我讨厌萨尔茨堡的一个主要原因是那些粗俗懒散、行为不羁的宫廷乐师，诚实而有教养的人根本不可能与他们同流合污、苟且偷生！”更让莫扎特感到“士可忍，孰不可忍”的是大主教的管家有一次在他的背后踢了一脚，将他踢出门外。这一次，他不顾父亲的反对，毅然辞职了。这是他人生中的第一次自由，他主宰了自己的命运，至少在当时他是这样认为的。作为艺术家的气质，让他义无返顾地选择了离开，毅然决然地走上了自由作曲家的道路，从此再也没有回到萨尔茨堡。他成为了欧洲历史上第一位公开摆脱宫廷束缚的音乐家！

但是，此时生活才真正向他展开狰狞的面目。为了改变贫困交加的处境，莫扎特经常饿着肚子、拖着疲惫的身躯举行长时间、超负荷的音乐演奏会，然而却挣不到几个钱，所得到的只是一些戒指、表和鼻烟壶等既不能吃又不能当钱使的礼品。莫扎特唯一能做的就是把这些东西送进当铺，换得一点钱，让全家人吃上一顿饱饭。冬天里，没钱买炭火取暖，他抱着妻子在冷得似冰窖的房间里跳舞取暖。终于，在离开出生地萨尔茨堡仅仅十年后，饥寒交迫的生活使他灯枯油尽，在35岁的年纪溘然长逝。即便如此，他在短暂的一生中向世人贡献了多达600多首作品，其中主要包括63首交响曲，13首小夜曲，105首小步舞曲，172首舞曲，27首钢琴协奏曲，5首小提琴协奏曲，43

首小提琴奏鸣曲,23首钢琴奏鸣曲,15部歌剧,50首宗教合唱曲,55首独唱和管弦乐队曲等。① 有人计算过:找一位职业抄谱员用35年来抄他的谱子,也是抄不完的。这实在不得不令我们感叹莫扎特是音乐的天才!

有人说巴赫是小溪,但我觉得莫扎特更是,那么清澈澄明,一如他的音乐和他的心,透亮见底,清洌透彻,不为世俗所污染。他一心只专注于音乐,他是为音乐而生的,他的创造属于自己的内心,那颗简单质朴的心。他是天使降临人间,他的音乐是那么纯粹,没有丝毫的烟火气,他用美妙的音符过滤掉生活的杂质,用孩童般的纯真涤荡掉世俗的不堪。尽管生活将他压榨得喘不过气来,除了童年"像个美丽的花炮"(傅雷语),但他却"把这些痛苦和苦难嚼碎化为肥料重新搬进土地,不是让它们再长出痛苦带刺的仙人掌,而是让它们开出芬芳美丽的鲜花——这鲜花就是他天使般的音乐"(肖复兴语)。活在音乐世界里的莫扎特是上帝的天使,是个纯粹的赤子,他为音乐而音乐,没有私心贪念,没有曲意逢迎,没有苟且偷生,没有苟延残喘,只有纯净如天籁。他纯净得几乎完美,仿佛不属于这个世界,他用他与生俱来的才华将生活的苦汁统统过滤掉了,提炼

---

① 参考百度百科。

出甘冽的佳酿,在音乐的酒坛里持续发酵,芳香宜人,醇厚回甘。

今天,我们能在世界各地享受莫扎特的音乐和莫扎特的巧克力,这些都是这位天才音乐家给我们的遗赠。他的音乐如他的巧克力一样融化世间的苦难与沧桑,咀嚼出绵密的香味,将美好甜蜜的记忆永驻人们的心间。

从莫扎特出生地的后门绕出来,不远处就是莫扎特广场,广场中央高高矗立着莫扎特的全身铜像。他穿着18世纪的紧身上衣,肩披斗篷,手持长笔,姿态潇洒,意气风发。铜像下,弦乐四重奏正拉着莫扎特欢快的曲子,优美动听的旋律激荡着我的耳膜,让我顿觉神清气爽,心情畅快。我暗下决心,下一次一定要在仲夏夜来趟萨尔茨堡,在一年一度的萨尔茨堡音乐节上充分享受莫扎特留给我们的无与伦比的音乐馈赠……

其他

澳大利亚网球公开赛主赛场罗德·拉沃尔球场

柏林爱乐乐团音乐厅

柏林爱乐乐团音乐厅内

悉尼歌剧院外景

伦敦西区剧院

东京精品店的橱窗

泰国清莱白庙全景

英国剑桥大学内刻有徐志摩诗的石头

南非开普敦大学礼堂——Jameson Hall

东京早稻田大学

英国剑桥大学内

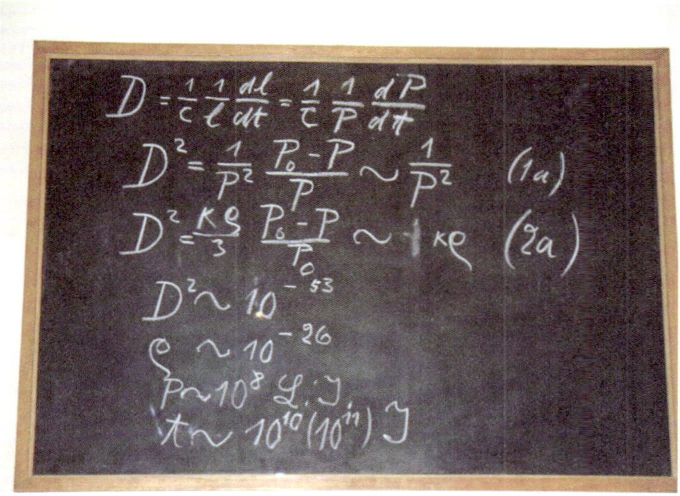

爱因斯坦在牛津讲座时用过的黑板

墨尔本大学校园内

牛津大学校园内

麻省理工学院怪异嶙峋的校舍

哈佛大学校园内的哈佛先生像

柏林洪堡大学

台湾的那些人

一、在台湾地区认识的人

1. 台湾小妹妹

来到台湾地区，最方便的出行方式还是地铁。故而每次出门前，我都会查询是否有地铁可以到达。台湾地铁给人的感觉就是宽敞、舒适、有序，没有人挤人的情况，一开始我以为这与我们总是错峰出行有关。过了几天，我发现无论什么时段出行，地铁上永远有几个空着的位子。

这天，我们乘坐从淡水回市区的地铁，正赶上下班高峰，人有点多，上来一个背着书包的小女孩，看上去像个五六年级的小学生。她在一个空位前站定，却没有坐下。我有些好奇，便问她你怎么不坐呀，她立马回答说这些位子是留给老人和有需要的人坐的。坐在座位上的父亲忙问她是学校老师教的吗？小女孩摇摇头，露出两颗小虎牙，说："这是每个人都知道的呀。"看到车厢里有些拥挤，父亲便把小女孩拉过来，抱在腿上。小女孩也不认生，用浓浓的台湾腔叫了声"爷爷"。那个座位依旧空着，车厢里依旧拥挤，却没有人去坐那个座位。一路上，父亲和小女孩愉快地交谈着，从功课多不多到喜欢看什么动画片，相谈甚欢，仿佛就是嫡亲的祖孙俩。小姑娘就这样一路上坐在父亲的腿上，一路和父亲聊着天，直到下车，而他们身旁的那个位子就一直空着。

距离我和父亲的台湾之行已有两年的时间了。小女孩的模样已经模糊了，只记得扎着两条长长的麻花辫，笑起来有一个浅浅的酒窝。但是，她那句顺口就来的"每个人都知道的"一直印在我的脑海里，不曾忘记，因为它就是文明！

2. 黎爸一家

刚到花莲，我们就住进了黎爸的家。出站不过 5 至 10 分钟的路程，即便是拖着行李箱，也不觉得远。黎爸的家非常好找，远远就能看到"黎"字的招牌，不知情的顾客很可能以为是家理发店。

黎爸的家有三层楼高，底楼是大大的客厅，墙上挂着黎爸一家的巨大全家福。原来，黎爸有三个女儿，除了小女儿还没有出嫁，大女儿和二女儿都已经成家立业了。连着客厅的是一个不大的厨房间，据网上的驴友说以前黎爸身体好的时候可以在他家搭伙，黎爸的手艺可是一绝。二楼和三楼都是用来接待客人的民宿，陈设简单而齐全，该有的一样不少，尤其是卫生设备特别干净，难怪网上好评如潮，回头客颇多。

我们还在火车上时，黎爸的电话就已经打过来了，询问我们到哪儿了。当我们找到他家时，他已经恭候我们多时了。黎爸不高不矮，不胖也不瘦，他说他昨天刚从医院出来，心脏做了个手术，本应在家休息的，但因为早早答应要接待我们，遂拖着病体来了。听了这话，我们对他的敬业精神肃然起敬。在将我们的行李安顿好以后，黎爸给了我们一张他手绘的花莲地图，将上面好吃的好玩的地方一一圈出来给我们看。于是，在花莲的第一个下午，我们就循着黎爸的介绍，一个景点一个景点地去找寻。我们首先尝到的是葱油饼，看着做法和大陆的差不多，闻上去也差不多，但嚼上去那面粉更筋道。第二道美食是“五霸冰品”，就是在厚厚的冰下裹着甜甜的赤豆等五种甜品。我们边吃边玩，把花莲的每一角都逛了个遍，把黎爸推荐的美食也尝了个遍。

接下来的两天，我们选择了跟随旅行团去花莲的周边玩。于是，每天一早，黎爸都会安排好车子让她的小女儿把我们送到旅游集散中心。每天回来，黎爸又都会特意打电话问我们玩得开不开心，累不累，晚上睡得好不好。还记得我们要离开花莲去垦丁的那天早上，大病未愈的黎爸特地来到民宿为我们送行。

虽然，只有短短的三天时间，但是黎爸一家让我们感受到海峡两岸亲如一家的温情！

3. 垦丁车站的售票员

她是我台湾之行中唯一的不和谐的音符。记得那天下了车，安顿好住宿，我们便在民宿管理员的指引下来到了这个车票预售点。由于，已经在台北提前购买了从恒春返回台北的车票，我们便向她打听如何坐长途车才能赶上我所要乘坐的这趟火车。她指指旁边的时刻表，头也不抬一下，继续看她的报纸。当我想进一步询问是从高雄还是恒春搭火车方便时，她那不耐烦的神情加剧了，用鄙夷的眼神看了看我，说了句“你不会自己看呀”。我的心一下子凉了许多，对台湾的印象也一下子差了一大截。

文明是每个人的自觉行动，服务业更是文明的窗口。地铁上的小女孩让我看到文明的种子，而这位垦丁车站的售票员则让我感到文明的距离。

二、认识的台湾人

小蔡是我的台湾朋友，也是来台湾前唯一的台湾朋友。

五年前，我们相识于日本东京的台场。当时，她一个人，我也一个人。她对着一群韩国人叽里呱啦地说着英语，请求他们帮忙拍照。我听懂了她的英语，主动上前与她结伴，这一刻华语代替英语成了“世界语言”。于是，一个操着台湾国语一个操着普通话的我俩，一起游览了富士电视台、台场的自由女神像和小丸子摄像厅。回家后，我们靠邮件联络彼此。后来，她来上海出公差，我带她游览了东方明珠、七宝古镇、思南公馆。再后来，我来到了台湾，她特地从桃园赶来台北请我们吃饭。

小蔡比我大两岁，和我一样大龄未婚，和我一样在公司中任职秘书的工作。我们就像俩姐妹，总也有聊不完的话题。不得不感叹缘分真是件奇妙的事情！席间，我们交流最多的话题还是即将开始的2016年台湾地区的大选。这个问题我也和黎爸的小女儿探讨过，我们一致的意见是不论谁上台，只要能让老百姓的生活过得更好就是好。

相聚的时光总是短暂，匆匆一顿饭，我们又要分别了。下一次的相遇，不知何时何地。

我与台湾的相识也是短暂，短短十天，匆匆一瞥，浮光掠影，美好是主旋律。在这里我感觉着相似，又感受着不同；感觉处处相似，却处处不同。我们生存于同一个国度，有着同样的祖先、同一个根。我们同是炎黄子孙，同样在儒家文化的影响下生长起来。我们说着同样的语言，唱着同样的流行歌曲，可是我们的汉字却是不同的，我们的拼音也是不一样的。我们有着相似的饮食文化，却又总能在街边发现不一样的美食。也许这就是隔着一道浅浅的海峡的关系……

亚拉河畔的传奇

去墨尔本看一场澳网比赛一直是我这个网球迷的梦想，但是高昂的票价每每让我望而却步，只能在电视机前一饱眼福。来到墨尔本，虽然已过了澳网比赛时间，但是去看一看偶像费德勒每年初浴血奋战的场地仍是我这个"奶粉"(费德勒的外号叫"奶牛"，他的"粉丝"俗称"奶粉")心中不变的念想。沿着"亚拉"河畔一路漫步，不时有背着网球包的少年从我身旁擦肩，他们中会不会走出下一个费德勒呢，我猜想。夕阳映红了天际线，远处墨尔本公园内中央球场屋顶上的五彩旌旗随风飘扬。走进墨尔本公园，球场前就矗立着罗德·拉沃尔老先生的半身像，他是整个澳洲人的骄傲，曾经夺得过181个男单冠军，其两夺"年度大满贯"的记录至今无人能破。这座以罗德·拉沃尔名字命名的球场可容纳近15000名观众同时观看比赛。

就是在这里，罗德·拉沃尔球场，2017年的澳网男单决赛，费德勒经过了2个半小时旷世持久的鏖战后夺得了职业生涯的第18个冠军，缔造了前无古人的网坛传奇。当他像个孩子般又叫又跳、欢呼雀跃时，我猛然发现那道曾经叱咤网坛的旋风又回来了，而这一次距离他上一次夺取大满贯冠军已经过去了整整四年半！也许在澳网开赛前谁也不会想到费德勒这位大赛的17号种子会一路杀入决赛，并最终夺得冠军。但是，如果你看了他如何兵不血刃地将一位位种子选手斩于马下，又如何在决赛中挽救一个个赛点时，你就会对费德勒的夺冠心悦诚服。如果联想到这是他在折戟沉沙多年后又重新崛起、重回大满贯赛事的巅峰的话，你就更会对这位网坛名宿产生由衷的敬意。满身的伤病没有将他打趴，纳达尔、德约科维奇的围追堵截，蒂姆、兹维列夫等新生代的异军突起也没有将他吓退，他刻苦地训练着，顽强地战斗着，终于迎来了职业生涯的又一个春天！

纳达尔输了，不是输在技术上，而是输在心理上；不是输给了费德勒，而是输给了自己。一次次地握有赛点，却一次次地眼看机会溜走；一次次地比分领先，却一次次地放纵对手反扑。此消彼长间，胜利的天平倾斜了；等待对方失误的结果，是等来了自己的失败。狭路相逢勇者胜！放手一搏的费德勒笑到了最后……

而这笑容里饱含着几多泪水与艰辛！曾几何时，他一次次地在大满贯球场上止步不前，当他无奈地转身、悄然地离场，落寞写在他的脸上，泪水晶莹着他的眼眶。他老了，这是不争的事实，和我同年出生的他也已经到了“奔四”的年龄。于是，我们看到他的单反不再优雅、屡有失误，他的穿越不再犀利、屡次被截，他的脚步不再从容、而总显迟滞。于是，在击败他的球员名单中除了赫赫有名的纳达尔、穆雷，同时代的伯蒂奇、卡纳斯，还有冉冉上升的兹维列夫，甚至还有一些无名小卒。于是，作为他的粉丝看他的比赛，也从最初的尽情欣赏变成了如今的不时祈祷，从平静愉悦、如痴如醉变成提心吊胆、起伏纠结，看他被对手调动得疲于奔命、直喘粗气、失误连连，感觉真是种煎熬。

遥想当年，他留着齐肩的长发，青涩却意气奋发，历经五盘大战在温网的草地上将曾经的天王桑普拉斯斩于马下，人们惊呼新的球王横空出世；遥想当年，他保持单打连胜 41 场的骄人战绩，在网坛叱咤风云、独孤求败；遥想当年，他在温网决赛的长盘大战中战胜罗迪克，以史无前例的 15 座大满贯冠军奖杯傲然成为网球史上的第一人。

现实是残酷的，却也是真实的，他所代表的那个王朝正在步入末期，和他同时代的球员休伊特、费雷罗、罗迪克、纳尔班迪安都已很难在四大满贯16强中见到他们的身影了，萨芬更是早已退役、享受网球以外的人生，只有他依然在向着心中的大满贯冠军奖杯的目标前进着，依然在与自己日渐老去的身体机能抗争着，即使在被伤病折磨的最黑暗的岁月里，他依然相信那还不是他网球生涯的终点："我会很快走出失利的阴影，继续向前看。现在对任何一个人来说，夺得大满贯都是不容易的。我觉得自己可以，我坚信这一点，不然我就不会坐在这里了。"他是那样地信心满满，不言放弃。

真正的王者不会被伤病打败！真正的英雄不会被病魔击垮！英国的赛艇名宿雷德格雷夫忍着糖尿病的折磨坚持训练，创造了在5届奥运会上连夺5枚金牌的历史；NBA的超级中锋莫宁在经历了换肾的大手术后凭借超人的意志和优异的发挥在热火队中继续扮演中流砥柱的角色；一代"飞鱼"波波夫在被刀扎伤胃部后，奇迹般地在1998年珀斯游泳世锦赛上复出、勇夺桂冠，并以32岁的高龄在2003年世锦赛上囊括三金。

真正的强者更有勇气战胜心理上的阴影！一代"网坛女皇"塞莱斯在被对手的疯狂拥趸刺伤背部后，历时两年走出生理、心理的双重阴影，在复出后的首次澳网大赛中一举封后；一代“车王”舒马赫在亲眼目睹“车神”塞纳在自己的紧逼下魂归加泰罗尼亚后，历经5年抚平心灵的煎熬，重新驶上冠军的道路；“亚平宁王子”巴乔忍辱负重4年，亲手粉碎自己的点球梦魇，向世人展示了一个战胜自我的伟大的巴乔。同样，曾经战无不胜的“费天王”在战胜了困扰自己多年的伤病和失败的阴影后，又一次站上了人生之巅，就在澳网，就在罗德·拉沃尔球场！当他一次次地挥舞拳头显示自己必胜的勇气、一声声地怒吼将对手的进攻化解时，我们看到了一个全新的费德勒，一个不再年轻、却依然血气方刚的斗士，一个真正的网坛王者！

夕阳已经沉下去，走出罗德·拉沃尔球场，微风拂面。我知道，总有一天，他会真的老去，会真的跑不动，他会放下球拍，去追寻纯粹的天伦之乐，彻底告别艰苦的训练，尽情地和双胞胎儿女嬉戏。他的纪录也总有一天会被后来者打破、超越、刷新，可能是纳达尔、可能是德约科维奇，可能是他们之后很多辈的人。但是，他潇洒飘逸的球风，无与伦比的技术，还有随和、内敛的球品早已深入每一个像我一样、被称作“奶粉”的球迷的心中。从来不见他张扬，即使是在如日中天的2004—2007赛季；从来不见他口出狂言，即使是对穆雷的唇枪舌剑，他也是有节制地反唇相讥;从来听不到他的绯闻,他总是与妻子米尔卡出双入对、恩爱有加、让人羡慕,尽管米尔卡不是名模、不是明星,甚至还比他大三岁……奖杯、记录、辉煌,总会过去,但他的优雅、从容、在网球场上的风范、球品,在生活中的人品都将留下,留在网球的史册上,留在球迷的心目中,因为他的名字叫罗杰·费德勒,亚拉河畔成就的传奇!

精品店里的遐思

从上海的陆家嘴金融区到香港的弥敦道，从东京的"新宿"到纽约的第五大道，从新加坡的乌节路到伦敦的摄政街，从柏林的菩提树下大道到墨尔本的科林斯大街，从米兰的 Duomo 广场到巴黎的香榭丽舍大街，在世界各地转悠了大半圈后，我发现几乎每座城市，尤其是大城市、特别是那些号称国际大都市的城市总有那么一条街或者一处地方是奢侈品店的汇集地。小到女士脖子上的施华洛士奇水晶，大到 Gucci、Cartier、LV、爱马仕店里陈列着的琳琅满目的包包……奢侈品对于普通中国老百姓来说已经不再陌生，对于率先富起来的那一部分中国"土豪"，奢侈品俨然已经成为他们扫荡的对象，甚至有新闻报道香榭丽舍大街上的"老佛爷"店因为经不起中国顾客的抢购而采取限购政策。精品貌似已经成为时下“口袋里有钱了”的人们的普遍追求，只是人们惯于称呼那些价格高得让人咋舌的奢侈品为精品让我不敢苟同。

其实，在我看来，所谓的精品未必就要是精致的奢侈品，只要是自己真心喜欢，对自己来说有着不同寻常意义的物品都可以用精品来称之，所谓“敝帚自珍”说的不就是这个道理吗？本来就是萝卜青菜各有所爱，何必为了满足自己的虚荣心而一味追求所谓的“精品”，要知道就像“人不是因为美丽而可爱，而是因为可爱而美丽”一样，东西也不是因为精致而珍贵，而是因为珍贵而精致。

令人遗憾的是，如今“精致”用在商品上是一种静态的欣赏和膜拜，用在生活中则几乎等同于对物欲生活的动态追求。“精”即精细、精心、精彩，“致”即极致、雅致、逸致。精致仿佛一夜间成了一种时尚的、奢靡的、刻意而为的生活方式。于是，冰淇淋非DQ、哈根达斯不吃，鞋非限量版的不穿，衣服非名牌不买，车非宝马、奔驰的不坐已然成了当下时尚人士的行为准则。于是，大街小巷各种精品店应运而生，光是面包蛋糕这个简单的玩意，就出了元祖、可颂坊、克里斯汀、马可孛罗、面包新语、巴黎贝甜、宜芝多、85度C等近10来个品牌，而且无一例外地都宣称自己是品质生活的代言。住的方面，装修精致的精品房也是如雨后春笋般矗立起来，买房的人连夜排队、蜂拥而上，唯恐掉队落伍。我有一好友也买了一套这样的精品房，可是天天擦地吸尘，唯恐掉落一粒灰玷污了精品的名节，弄得在自己家里都是坐不敢坐，躺也不敢躺，殊不知偏离了舒适轨道的精致生活只能称得上是作茧自缚。

在我看来，精致不应该仅仅是精雕细刻、让人爱不释手的商品，不应该仅仅是一种时尚的生活方式，更不应该与奢侈品、奢靡风划等号，而应该是一种生活的态度，工作的态度，为人处事的态度，即一种精益求精的精神作风。对科研人员而言，就是不断钻研，不断创新，破解一项又一项业务难题；对运动员而言是不断挑战，不断前进，刷新一项又一项世界纪录；对医务工作者而言就是不断提高业务能力，攻克一个又一个不治之症，救死扶伤，解除病人的痛苦、延续病人的生命；而对教师而言就是对学生“授之以鱼，更授之以渔”，让学生学会学习、学会应用、学会创造。这应该是所有职场人士的毕生追求，站在令人“弹眼落睛”的奢侈品店的橱窗前，我暗暗勉励自己，不流俗，更精进！

那些年我追过的剧

一、伦敦西区

——音乐剧《剧院魅影》

伦敦的西区有着上百家剧院。每天晚上《狮子王》《阿依达》《妈妈咪呀》等经典剧目都在这里轮番上演。我早在一到伦敦的时候,便买好了打折的《剧院魅影》的票子。

那天,早早吃了英式晚餐,带着期待的心情,穿过特拉法加广场,循着地图上的指示,没费多少周折,我便找到了演出的剧场。剧场不大,只有两层楼,看上去也有些老旧,至少有上百年的历史了。整个剧院是木制结构,脚踩在地板上会发出咯吱咯吱的响声。由于修建的年代比较久远,一排位子与一排位子之间的走道空间非常小，有人需要通过时坐着的人必须起身才能让其通过。与之形成鲜明对比的是剧院里的吊灯，水晶的，从二楼垂下来，不昏暗也不亮堂，刚刚好的柔和，温润每个观众的眼睛。

剧情是早已熟稔的剧情，从东方的《夜半歌声》到西方的《剧院魅影》，大同小异的情节凸显着爱与人性的张力。舞台上男女声轮流吟唱，此起彼伏，相得益彰，动人心魄。舞台中央的布景更是美轮美奂，美到无法用语言来形容！那歌声壮怀激荡，那舞台美不胜收。这就是伦敦西区的音乐剧，在最古老的剧院里，用最先进的声光电，上演最震撼人心的、动人心魄的舞台剧。

二、茱莉亚剧院

——歌剧《茶花女》

自从学习了钢琴，便知道了茱莉亚音乐学院，这座音乐界的哈佛大学。来到纽约的第一天，艺术家朋友 Aimee 就打电话告诉我，多明戈将在茱莉亚音乐厅演出，我兴奋得好几个晚上没睡好觉。

演出当天，Aimee 排了两个小时的队，为我买到了票子。

利用开场前的几分钟时间，Aimee 用最简单的英语给我介绍了歌剧的剧情，我恍然大悟当晚的演出节目是家喻户晓的《茶花女》。

演出开始了，第一幕茶花女高朋满座的宴会，舞台上只有一个异常普通的沙发，所有的男宾都身着现代派的西服，女伴都身着普通的连衣裙而非缀满蕾丝的 19 世纪宫廷装。整个场景颠覆了我对《茶花女》小说和歌剧的认识。由于年事已高，多明戈出演的角色是男主人公的父亲，他用圆润的男中音逼迫茶花女离开自己的儿子。病入膏肓的茶花女虽然不情愿，却无法拒绝。舞台上，除了茶花女深情的歌声外，只有一个飞快走动的时钟悬挂在那里，发出急促的嘀嗒的声响。时钟的样子就如现今每家每户家里的圆盘石英钟，简洁明了，预示茶花女的生命即将走向尽头。

整台剧中，茶花女始终穿着一条再普通不过的连衣裙，而所有出场的男士也都是身着普通的黑色西装。整场的道具，除了一个沙发外就是那个预示茶花女命不久矣的时钟。《饮酒歌》等音乐耳熟能详，音乐还是原来的音乐，布景和道具却是充满现代派的表达手法，让我大开眼界，原来《茶花女》还可以这样演！

三、百老汇

——戏剧 *Cat on the hot tin roof*

百老汇的声名从我记事起便印在我的脑海里。来到纽约怎能不去百老汇看一场演出呢？在 Aimee 的热情推荐下，我们决定去看戏剧 *Cat on the hot tin roof*。回到国内后查百度，才知它的中文名为《热铁皮屋顶上的猫》，或者《朱门巧妇》。该剧由剧作家田纳西斯·威廉姆斯创作，曾获普利策奖，并于 1958 年被拍成电影，由伊丽莎白·泰勒主演，获得当年多项奥斯卡提名。

虽然，由于语言的关系，我一开始看得云里雾里，但是通过舞台上演员略带夸张而恰如其分的肢体语言，以及 Aimee 深入浅出的讲解，我第一时间理解了剧情。

《热铁皮屋顶上的猫》真是个非常贴切的名字，戏剧一开始便把场景设定在一个炎炎夏日里，以此暗示剧中浓得化不开的各种冲突，妻子和丈夫，大人和小孩，父亲和儿子，人人之间都有矛盾，个个都烦躁地像热铁皮屋顶上的猫。

剧中，最出彩也是给我印象最深的当属女主人公了。她一登场，就像只在热铁皮屋顶上跳了半天的猫，在电光火石间把灵欲的焦灼表现得淋漓尽致。夫妻之爱拯救不了同性恋老公，虽说结局被赏了一点恩爱，其实仍旧没有摆脱被命运和他人摆布，仍然是那个跪在地上乞求爱的女人，可悲可叹可怜。

与之相对应的是她同性恋的老公。出身资产阶级上层的富裕家庭却憎恨资产阶级的道德，幼稚地把敌意射向四面八方，自己却困在自我否定的泥沼里无法脱身。

整部剧，戏剧冲突一个接着一个，展示了各方面深层次的矛盾，丝丝入扣得让人屏住呼吸，喘不过气来。与激烈的戏剧冲突形成鲜明对比的是舞台上的道具十分简单，一扇门和一张床就营造出了一个亿万富翁家庭的布置。

整台戏剧，历时近四个小时，场内座无虚席，不时爆发出热烈的掌声。虽然，剧场外大雪纷飞，寒气逼人，剧场内却是人声鼎沸，热情高涨，每个观众都被演员精湛的演技而折服！

百老汇，我来过，我看过戏剧，值得了！

四、波士顿交响乐团

——《尼伯龙根的指环》

波士顿交响乐团每天下午五点开售当天剩余的票子，票价极其低廉，这是我在哈佛念博士的复旦中文系同窗告诉我的攻略。于是，下午四点钟我就去排队，为了一睹世界顶级乐团的风采。排在我之前的老太太主动与我攀谈起来,她说她年轻时练过手风琴,我说我是个爱乐者,工作后才开始学习钢琴。老太太说,在美国像我这样的年轻人不在少数。

拿到票子才知道当晚的演出曲目是瓦格纳的代表作《尼伯龙根的指环》,它出自于中世纪德国的民间叙事诗《尼伯龙根之歌》。与其他的古代神话之间有着显著的差异,“指环”中的诸神身上有着人性的一面,他们不是全能的、所向无敌的,而是有一定的限制,其本身也要面临灭亡的命运。“指环”中的名曲《诸神的黄昏》中就体现了这一万物同归于尽、转换新生的思想。经过一系列天上人间的悲剧后,受到诅咒的财富和权势化成了永恒的虚无。在充满回忆色彩的音乐中,指环又变成莱茵的黄金,世界又回复到平静。

当时,瓦格纳将这部叙事诗整理后打算写成歌剧脚本,却招来很多反对,多数人认为这样庞大的脚本无法配成音乐。但瓦格纳成功了,他以二百多个主导动机贯穿全剧,采用明暗两条线来推进剧情的发展。

由于瓦格纳的歌剧乐队编制庞大,所选择的歌手在音量音色和强度方面都有特别要求,同时还需要采用一些极端措施保证聆听效果,将乐池沉降得更深,最嘹亮的铜管乐器放在最深处，离指挥很远，远远低于舞台上的歌手。这种音响效果被技艺娴熟的世界五大交响乐团之一的波士顿交响乐团表现得驾轻就熟，扣人心弦。与国内众多家长带着琴童欣赏古典音乐会不同，我发现在美国听音乐会的主力军是中年以上的人群，他们往往是真正的古典乐迷，因而更懂得如何欣赏古典音乐。我很庆幸能和他们一起欣赏了一场纯粹的古典音乐。

五、悉尼歌剧院
——钢琴协奏曲

来到悉尼，歌剧院是必打卡的胜地。与其他歌剧院以歌剧演出载入史册不同，悉尼歌剧院的出名更多地可能是源于其建筑上的独特造型。有人说它像一叶帆船行驶在海洋上，也有人说它像一枚剥开的橘子（而这恰是设计者的创意灵感来源），还有人说它像打开盖倒放着的蚌。

走进歌剧院，才发现悉尼歌剧院最大的主厅是音乐厅，最多可容纳 2679 人，主要用于举办交响乐、室内乐、流行乐、爵士乐等多种表演。主厅中较小的一个才是歌剧院厅，主要用于歌剧、芭蕾舞和合唱表演。我预订的当晚的演出是在音乐厅上演。让我惊喜的是在演出前，音乐厅居然还安排了专家对当晚的演出进行普及性的介绍。只见，等着开场的音乐爱好者都站在台阶上，有的甚至席地而坐，认真聆听着专家的讲解。讲解者也是有备而来，将当晚演出中将出现的重要片段通过电脑播放出来，并逐一引导听众欣赏。这样的精心安排我还是首次经历，让我不得不佩服主办方的匠心独具和良苦用心。这种大胆的尝试对于古典音乐的普及与推广不啻为一种良方。

当晚的演出中，来自英国的青年指挥家 John Wilson 领衔悉尼交响乐团演奏了爱德华·埃尔加的降 E 大调第二号交响曲。曾勇夺 2016 年伊丽莎白女王国际钢琴大赛大奖的青年钢琴家 Lukas Vondracek 倾情演奏了谢尔盖·普罗科菲耶夫的 C 大调第三钢琴协奏曲。交响乐团训练有素，技艺精湛，演出大气磅礴；钢琴家十指如飞，乐音行云流水，回肠荡气。美妙的旋律仿佛随着室外起伏的波涛越传越远。经过开场前别开生面的讲解，我对演奏中几个重要的片段都特别留意，竖起耳朵、仔细聆听，悉尼歌剧院给了我一场前所未有的绝妙音乐体验。

六、柏林爱乐音乐厅

——戏剧交响曲《罗密欧和朱丽叶》

来到柏林的当天，我便追随指挥家卡拉扬的脚步 来听柏林爱乐的演出。从波茨坦广场骑一辆“摩拜”，来到位于广场尽头的以黄色屋顶为标志的柏林爱乐音乐厅。打开节目单，我惊喜地发现当晚的演出中毕业于上海音乐学院的低男中音歌唱家沈洋将携手英国指挥家丹尼尔·哈丁，与柏林爱乐乐团在柏林爱乐大厅上演埃克托·柏辽兹的戏剧交响曲《罗密欧与朱丽叶》。这是一部介于交响曲与康塔塔之间的戏剧交响作品，在整个交响曲历史中可以说是一部卓尔不群的佳品，柏辽兹以其新颖的“戏剧交响”形式捕捉到了作品中丰富的戏剧性与不拘一格的创造性。此次是沈洋应柏林爱乐乐团邀请，出演柏林爱乐新演出季的重要演出节目。

当晚的演出中，沈洋演绎的是“劳伦斯神父”一角。在剧中，他演唱了咏叹调等唱段，可以用“醇厚饱满，从容雅致”来形容。终曲是整首作品的高潮，是对独唱者（劳伦斯神父）的极大挑战，也是全剧最出彩之处。沈洋的演唱获得全场听众和乐队热烈的喝彩。演出后有媒体评论说：“中国男低中音歌唱家沈洋所演唱的劳伦斯神父的庄严宣告在整部作品的长篇结尾处显得尤为出色，他厚重、流畅的声音唱出了威严与庄重。”

从伦敦到纽约，从纽约到波士顿，从波士顿到悉尼，从悉尼到柏林，我追过了戏剧、歌剧、音乐剧、戏剧交响曲，领略了经典、现代、前卫、壮美与庄严，我的人生因此而快乐，因此而精彩，因此而趋于圆满！

信仰的力量

在美国的一个多月的时间里，我去参加过两次礼拜。一次是在旧金山，礼拜的地点是在一所中学的大礼堂里。来参加礼拜的人不少，有男女朋友，也有带着孩子的父母。孩子被安置在有专门志愿者照看的教室里玩耍，并接受最简单的关于耶稣基督的教育。父母们则在大礼堂里做礼拜。礼拜一开始，舞台上的乐手们带领大家一起唱圣歌。没有管风琴，只有电吉他、电钢琴和电子鼓等现代的电子乐器，出来的声音虽然没有管风琴的空灵，却同样能让台上台下融为一体，大家一起用心赞颂耶稣的伟大。第二个环节是全场一起念诵《圣经》。只见台上用 PPT 打出今天念诵的内容，台下每人一本《圣经》跟着台上的志愿者一起大声念起来。念完后，志愿者就 PPT 的内容进行了阐释，台下的人也纷纷发言，共同参与讨论。礼拜的最后，是奉献环节，几乎所有人都向台上的箱子里投入了自己的一份心意。

另一次参加礼拜是在纽约。礼拜的地点是在一个华人社区活动中心里。在一个小会议室里，附近社区的几十户人家聚集在一起，带来了自家烘焙的蛋糕和烹饪的拿手菜。他们围坐在一起，一起分享最近生活中碰到的困难和遇见的喜悦。但更多的是，朗诵《圣经》中的一些段落，探讨《圣经》中的一些问题。

两次礼拜都不是在教堂里，都没有神职人员的主导，都是自发却又有组织、有序地进行，这让我感受到了基督教的力量。

三年后，我来到泰国，除了看海，看到最多的就是寺庙了。尤其是在清迈，隔着一两条马路就有一座寺庙。据说，泰国全国有3万多座寺庙。给我印象最深的是位于清莱的灵光寺，俗称白庙。

泰国的寺庙大多是金碧辉煌、金光闪闪的，清莱的这座寺庙却通体洁白，以银色镜片镶嵌，以它的纯白独树一帜，别具特色。这座寺庙为什么要为白色，建筑师说：白色代表了纯洁，闪闪发光的玻璃片是智慧的象征。阳光下，这座白色的庙宇徜徉在蔚蓝的天空，闪着炫目耀眼的光芒，就像一件美丽的艺术作品。纯白的屋顶，纯白的墙壁，纯白的基座，镶嵌在墙面的玻璃时不时反射出耀眼的银光，仿佛一座落入凡间的琼楼玉宇，让人瞬间产生敬仰之情。庙堂前一池浅浅的碧水，几条小鱼惬意地摇摆。访问白庙需要跨过一座廊桥。设计师的用意是为表达佛教普度众生慈悲为怀的精神，也为白庙的庄严增加了一丝柔美。①

一进到庙区就可以看到庄严的大殿，大殿的屋顶，像盖棉被一样，层层叠叠地附加着好几层屋瓦，细致的、风格化的风土水火装饰盘踞着屋顶。天鹅的翅膀煽动着风，大象沉稳地立于浑厚的大地，龙戏水，狮吐火。传统寺庙几乎都是以龙形作为主殿的引路。但白庙跳脱出这种思维，虽然以龙身为路，但龙头却化身成为两大威风凛凛的守护神灵。山墙飞檐有传统寺庙的影子，细看却有着一些创新和变形。银白的宗教雕塑如同伸向天空的翅膀，仿佛要驾着白庙腾空而去，开始一场完美的朝圣之旅。仔细看白庙的细节真可以说是精美绝伦，每一笔都是用心之作。走到桥中央，外面的水池有些西洋的风格。千百只手臂在桥下挥动，挣扎、哭喊、忏悔……地狱里的堕落的灵魂等待被救赎；吊在树上的各种妖魔鬼怪，仿佛告诫世人要与

---

① 参考百度百科。

人为善，切莫干伤天害理之事。①

寺庙内不许拍照，游人入内必须赤脚，以表示对佛的尊敬。白庙的建筑让人震撼，但更多的是这里能让人感觉到宗教的力量。这处宗教建筑的震撼与其他寺庙的压抑感截然不同，它让人觉得身心愉悦，冥冥中却又仿佛能够与神佛有着心灵的交汇。我想只有有着执著信仰的泰国人民，才能创造出如此震人心魄的伟大建筑。

回到国内，我仍是初一十五去上香，空的时候也念念经，有放生做义工的机会我也时而参与一下，但若要问我经文的含义我却从未深究过。看看我周围的人，也大多是有了事情才去庙里拜一拜：家里有人病了，孩子要考大学了，丈夫要评职称了，才想起去菩萨面前临时抱佛脚。即使是那些经常诵经、放生的佛友，你若问她对念诵的经文是什么含义是否了解时，她往往也是一脸的茫然。记得上大学的时候，傅杰教授曾经说过："中国是一个缺乏信仰的国家。"我想，此话虽然有点夸大，却是发人深省的。

① 参考百度百科。

遍访世界名校

不得不说，我是一个有着名校情结的人。在海外游历多年，每到一处我都要去参观一下当地的名校，看一看那里的“牛人”是怎样牛逼的。当然，这也可能源于我曾有的留学梦想，就像新东方教师一直给学生灌输的那样：“没有留过学，人生不完整。”我的不完整的人生暂且只能靠着游历来弥补了。

一、非洲最好的大学
——开普敦大学

2009 年我第一次来到非洲大陆，下了飞机，表弟就载我来到了他的学校——开普敦大学。表弟在这里学习精算，这门号称只有最聪明的人才能读的专业。开普敦大学位于美丽迷人的桌山脚下,依山傍海,风景绝美,从那里俯瞰下去可以将整个开普敦尽收眼底。它建立于1829年,是南非最古老的大学,也是非洲大陆最主要的研究院校之一,更是世界上100所著名大学之一。表弟一边带我参观,一边不无自豪地向我介绍:"世界上第一例人类心脏移植手术就是由我们开普敦大学附属医院的克里斯·班纳特教授(Prof. Chris Barnard)所完成的。另外,开普敦大学亦有两名毕业生得过诺贝尔奖,分别是1979年获得诺贝尔生理学与医学奖的阿伦·哥麦克(Allan Cormack)及1982年获得诺贝尔化学奖的艾朗·克卢格(Aron Klug)。"

说着,他把我带到了开普敦大学的地标——Jameson Hall前。这是一座雅典式的大礼堂,100多级台阶通向一根根巍峨的立柱。它是以南非殖民时期的前总理 Leander Starr Jameson的名字命名的。每年有3000多名本科生在这个庄严的礼堂里接受校长的拨穗。表弟告诉我,由于开普敦大学承袭了英国教育严谨传统,淘汰率相当高,每位学生都用功不已,绝非是座"由你玩四年"的大学。穿过Jameson Hall,就是学校的图书馆,里面果然座无虚席,都是埋头苦读的身影。"当然,我们在学习之余,运动和休闲项目也是很丰富的。"表弟指着半山腰的板球场给我看，“南非的板球队是世界级水平的。”出乎我意外的是，表弟在这里还参加了乒乓球队，没想到中国的国球在这非洲最南端的大学里还有一席之地。

由于表弟急着去上课，留我一个人在校园里闲逛。这里的教学楼有的古朴，有的现代，爬山虎爬满了墙头，绿油油的一片，在微风中轻轻摇曳。我发现和国内的大多数大学不同，开普敦大学没有校门，也没有围墙，教学楼和运动场都分布在桌山的各个角落。

二、早稻田大学

2010 年，樱花盛开的季节里，我一个人在东京游走。首站，我便决定去膜拜一下日本最负盛名的大学——早稻田大学，这所培养出了竹下登、海部俊树、小渊惠三、福田康夫等 8 位首相和村上春树这样文学家的世界级名校。天空淅淅沥沥地下着小雨，从我住的旅馆门前的“大江户线”坐到“门前仲町”，换乘“东西线”，很顺利地来到了早稻田站，才发现原来“早稻田”是一个地名。出了站，就是一块标注我现在所在位置的地图，从地图上我发现这一带是教育机构集中的区域，除了早稻田大学外，还有学习院女子大学、日本女子大学及其附属中学和每日新闻社早稻田分社等学术新闻机构。在穿过了一个街头公园后，我来到了仰慕已久的早稻田大学。没有高高耸立的校门，没有金碧辉煌的名人题写的校名，只有一块方方正正的水泥砖上用中文和日文写着早稻田大学的名字，让我确信自己已经站在世界知名学府的校门口了。水泥砖的另一侧树立着一座塑像，早稻田大学创始人、日本前首相——大隈重信，旁边是学校的校训。

校园里的樱花树已经开放，空气里弥漫着丝丝甜甜的花香和着幽幽的书香，我一个人在这幽静幽静的校园里踱步，感觉好极了。偶尔有一两个学生从我身边走过，我羡慕地朝他们看看，在这纷杂的社会中能够有这么一段时间心无旁骛地埋首读书做学问是件多么美妙的事情啊。不知不觉，我来到了工程学的实验室，我看到里面有人穿着白色的工作服在做测试，虽然不懂他们到底在做什么，我依然以崇敬的眼光望着他们。早稻田大学的每扇门都是敞开着的，我一路走走看看，回味着大学的感觉，一间色彩鲜艳的房间吸引了我。我走进去，墙上贴满了各种学生活动的通知和宣传，让我想起复旦曾经的中央海报栏，原来这里是 student lounge(学生休息室)。坐下来，歇歇脚，想买杯咖啡暖暖身子。可是，这里的自动贩卖机是日文的，于是我走向坐在角落里用手提电脑的男生，他告诉我红色的按钮表明是热的，蓝色的则是冷的。我买了杯拿铁，开始和他聊天。他询问我是不是从韩国来，我告诉他我来自中国，他很高兴地告诉我他父亲在中国工作，是日本飞机制造商 ANA 的工程师。他还告诉我他去过北京和杭州，去年还学了一年中文，不过由于没有继续下去，已经忘记得差不多了。说着他在我的草稿纸上写下了自己的名字“吉田直矢”。我们用简单的英文交流着，我得知他是大四的学生，学的是建筑专业。我们聊得很愉快，临别时还交换了各自的邮箱地址，我为他拍了照片，圆满地结束了早稻田之行。

出了早稻田，我又在对面的学习院女子大学留了影，它让我想起 7 年的女中生涯，正是在那里我打下了扎实的英语基础，为日后毫无障碍地行走于世界上任何一座国际大城市奠定了基石。

三、牛津大学和剑桥大学

2011 年夏天，我开启了英伦之行，距离伦敦一天行程的牛津和剑桥自然是必游之地。

和开普敦大学一样，牛津和剑桥大学也没有围墙，各座学院星星点点地分布在小镇上。

在牛津，我首先访问的阿什莫尔博物馆（Ashmolean Museum）。它建于1683年，是英国的第一座博物馆，比大英博物馆（British Museum）还早70年，现为英国第二大博物馆。这里俨然是一个小型的大英博物馆，我看到了来自欧洲、古埃及、古希腊、美索不达米亚等地的出土文物，还有牛津近郊出土的中世纪至近代的陶器，中国的商周青铜器和明青花瓷器，希腊与罗马的雕刻等，都是难得一见的珍宝。

接着，我拜谒了基督教堂学院（Christ Church），这是牛津大学最大的学院之一，历史上有13位英国首相出自基督教堂学院，和牛津大学其他45个学院的总数相等。[①] 这里的霍格沃茨大厅是哈利波特系列电影中大食堂的拍摄地。餐厅里金碧辉煌，壮阔大气，摆满了精美的木制长桌和椅子，餐具则是设计简洁大方的英国白色陶瓷，想象一下能在这里用餐该是件多么愉悦与荣耀的事情。

牛津大学的博德利图书馆是英国第二大图书馆（仅次于大不列颠图书馆）。它于1602年向公众开放，比大英博物馆的图

---

① 参考百度百科。

书馆早150年，拥有巨大的地下藏书库，现有藏书600多万册。[1] 曾在牛津留学的钱锺书将这里戏称为“饱蠹(dù)楼”，蠹是书虫的意思。在牛津求学期间，钱锺书便像蠹鱼一样终日埋首于此，为其日后成为学贯中西的国学大师打下了基础。

在牛津历史博物馆里，我见到了1931年爱因斯坦在牛津大学进行了三场广义相对论讲座时用过的黑板，它记录着爱因斯坦对宇宙年龄、大小和密度的计算。这块黑板充满活力与权威，就像历史遗迹或艺术品一样，不仅因为科学家手中粉笔写出让人折服的文字与公式，更因为它记载了人类科学思想的足迹。面对着这块黑板，我的脑中浮现出的是爱因斯坦说过的：“用专业知识教育人是不够的。通过专业教育，他可以成为一种有用的机器，但是不能成为一个和谐发展的人。”他还特别提出要把“人文学科”(the humanities)作为重要的东西推荐给大家。一个大科学家能对人文科学有如此的高瞻远瞩着实让我这个学文学的人为之动容。

毫无疑问，剑桥大学在国内的名气多少因了徐志摩的那首诗。我租了辆自行车在剑桥内穿行，彼时共享单车还没有诞

① 参考百度百科。

生，租车是去专门的租车行。我首先去到的是国王学院，前方是学院威严的高墙、华美的庭院和已经修剪整齐的草坪，后方是风景如画的花园，它们依河而建，宁静祥和的绿色空间以及波光粼粼的水面，组成了一幅悠然自得的学院生活图。

康河贯穿而过，沿河漫步，可以看到河上矗立着众多的桥，其中以叹息桥和数学桥的名气最大。关于叹息桥的故事，流传最广的版本是说，剑桥大学的毕业考试很严格，平时不努力学习的学生，考试通不过，拿不到文凭，往往来到这里叹息、流泪，后悔莫及。因此，校方把它定名为叹息桥，以此来警示学生要勤奋学习，不可懈怠。

而大名鼎鼎、在剑桥堪称无人不晓的数学桥相传是大科学家牛顿在剑桥教书时亲自设计并建造的，整个桥体原本未用一根钉子和螺丝固定。后来，女王学院（Queens' College）的学生为探究这座桥的奥秘，曾把它拆开剖析，但却无法复原，于是只好用钉子重新固定成现在的样子。①

剑桥也有近 100 个图书馆，藏书约 500 多万册，每年购书经费约 300 万英镑（折合 4000 多万人民币）。根据 1611 年英国书业公所的决定，英国任何一家出版社的图书都必须免费提

---

① 参考百度百科。

供一册给牛津和剑桥的图书馆，至今如此。[1]

在国王学院西面的 King's College Bridge 桥边我找到了徐志摩的那块纪念石。与牛津的古老庄重相比，剑桥给我的印象更旖旎更富诗意。它们一东一西，双星并峙，历经朝代的更迭而屹立不倒，就像有着百年历史的牛津剑桥赛艇对抗赛，相互竞争，互不称臣，却共同推动着大英帝国的历史。

四、麻省理工学院与哈佛大学

2013 年，我在天寒地冻的大雪天，从纽约坐大巴到波士顿，又辗转来到马萨诸塞州的剑桥（此剑桥非彼剑桥）市，因为这里并立着 MIT（麻省理工学院）和哈佛大学。

作为一座理工科的世界名校，MIT 的教学楼的建筑风格也颇现代，校区由一组互相连通的大楼组成，方便人们往来于各个院系之间。穿梭在麻省理工现代却怪异嶙峋的建筑体间，我的耳畔响彻着罗斯福所说的大学的作用："我们不能总是为我们的青年造就美好未来，但我们能够为未来造就我们的青年一代。"（We can not always build the future for our youth,

---

① 参考百度百科。

but we can build our youth for the future.)

从麻省理工出来，搭一路公交车就到哈佛了。在哈佛念博士后的复旦校友已等候多时了，她握着我的手说："欢迎来到宇宙的中心。"她说这是她的博士导师，复旦人文学院院长陈思和教授同她讲的。多亏了她的提前预约，我成功参观了学校里几个久负盛名的博物馆。在威廉·海斯·佛格艺术博物馆里我对一幅梵高的自画像和莫奈的"红帆船"印象特别深刻。在自然历史博物馆里面，我见到了著名的"玻璃花"，这些用玻璃制作的植物标本栩栩如生，异常精细鲜活。在亚瑟·萨克勒博物馆我流连于中国的青铜器和佛像、朝鲜陶瓷、日本浮世绘、印度绘画、阿拉伯书法、波斯地毯、希腊和罗马石雕等艺术品。

来到哈佛我也不能免俗地要摸一摸哈佛先生的金左脚，期盼有朝一日我的子孙也能入读哈佛。哈佛的校园里随处可见前来参观的学生团，有美国当地的，也有来自其他国家的，当然也包括咱们中国的。站在哈佛先生的肖像前，我想起了哈佛大学的校训："让柏拉图与你为友，让亚里士多德与你为友，更重要的，让真理与你为友。"在拜金主义甚嚣尘上的今天，与真理为友的校训是多么振聋发聩呀！

校友告诉我,麻省理工和哈佛大学已经实现了交叉选课,双方的全日制学生均可在本院系同意的情况下选修对方学校的课程。我不得不感叹,小小的剑桥市真是个人杰地灵、精英荟萃的所在。

五、墨尔本大学

2018 年,我带着已逾古稀之年的父亲来到了南半球的澳洲。在墨尔本逗留期间,我们特意去参观了澳洲综合排名最高的学府——墨尔本大学。自 1853 年建校以来,墨尔本大学就一直强调学生在学术造诣与人格修养等方面的综合能力。在近 170 年的漫长校史中,已经培养出 28 万名遍布世界各地的优秀毕业生,包括 4 位澳洲总理,8 位诺贝尔奖得主,120 名罗德学者。①

徜徉在墨尔本大学的校园内,第一次踏出国门、曾任中学教师的父亲对其优美的教学环境啧啧称赞。一栋栋维多利亚时期的新哥特建筑风格的教学楼与古典的钟楼、方场(Quadrangle)及多栋新式的教学大楼交相辉映,而其校训:"We shall grow in the esteem of future generations.(我

① 参考百度百科。

们将在后人的敬重中成长)”,让我们感叹墨尔本大学崇高的办学理想。墨尔本大学有一栋图书馆,叫做1888,意味着这栋楼是在公元1888年建立的。快到期末考试的时候,这栋图书馆便会开放一片特殊的区域,用作24小时图书馆,每天都会有熬成黑眼圈、通宵达旦的学生。

但你可别以为墨大的学生是只会读书的“书呆子”。在活动中心,我们就饶有兴趣地看到学生们在彩排戏剧。随机逮住一个学生闲聊,他告诉我们:“我们学校有120多个多文化、多兴趣、多种运动形式的学生俱乐部和社会团体。自2007年开始,墨尔本大学进行了彻底的学制改革,逐渐抛弃了以往的澳洲传统‘专才’教育模式,而效仿北美地区以及新近改革的欧洲大学所采纳的‘通才’教育模式(Bologna process),即广为人知也又颇具争议的‘墨尔本模式’(Melbourne Model),目的是建立起国际认知度更高、与国际教育接轨更紧密的学位制度以及培养出更多澳大利亚及世界所需要的未来社会新型人才。”

在学校的大礼堂前,我们看到了一条长长的排队队伍,细问下来才知是研究生入学申请讲座。我也饶有兴趣地询问起了有关国际研究生的申请要求,一位中国留学生告诉我:“我们大学对国际学生的审查十分严格,雅思分数要求达到7分,大学 GPA 也必须在 85 分以上。学校对国际学生的学业及相关条件是否合格的审查平均用时达 5 个月之久。”

我不禁感慨，墨尔本大学之所以能成为澳洲大学中的翘楚是与其对师生的高标准、严要求分不开的。

六、洪堡大学与海德堡大学

2019 年，在独自游历世界十年后，我来到了二战前的世界学术中心柏林，朝圣位于菩提树下大街的洪堡大学。这是世界上第一所将科学研究和教学相融合的新式大学，被誉为“现代大学之母”。它提出大学兼有双重任务，一是对科学的探求，一是个性与道德的修养。

在大学主楼的正面墙上有马克思的一段名言：“哲学家只给以世界不同的解释，但重要的是去改变世界。”洪堡大学历史上曾产生 29 个诺贝尔奖获奖者。马克思、恩格斯、海涅、俾斯麦都毕业于该校。物理学家爱因斯坦、普朗克、亥姆霍兹、薛定谔、赫兹、韦恩，生物化学之父费歇尔，20 世纪最伟大的数学家之一冯·诺伊曼，化学家拜耳，哲学家费希特、谢林、黑格尔、叔本华，地理学家李希霍芬、李特尔，神学家弗里德里希·施莱尔马赫，法学家萨维尼、法兰兹·封·李斯特，历史学家兰克都曾在此任教。①

我到的这天正是周日，洪堡大学门口的旧书摊一字排开，不时有人停下脚步、驻足淘宝。

事实上，在德国的数十天时间里，我都能感受到德国人对知识的崇尚，对书的热爱。

我在德国走访的第二所大学是海德堡大学。由于我就住在海德堡古镇上，与海德堡大学可以说是近在咫尺。海德堡大学的各幢校舍像天女散花般地散布在古镇上。在巴洛克建筑风格的图书馆里，我甚至看到了与中国佛教石经有关的内容。徜徉在学术氛围浓厚的古镇上，当代人类精神生活的导师、海德堡大学的哲学教授雅斯贝斯的话让我怦然心动：“没有任何人是不会犯错误的权威，不论面对着何等伟人，对立和自由仍然是真理。教育活动关注的是，人的潜力如何最大限度地调动起来并加以实现，以及人的内部灵性与可能性如何充分生成，质言之，教育是人的灵魂的教育，而非理智知识和认识的堆集。”

巧合的是，我去国王湖游览的导游也是在海德堡大学学的德语。她也对海德堡的美与自由清新的学术氛围赞不绝口。

---

① 参考百度百科。

她告诉我，德国的大学没有年龄的限制，而且不收学费，只要想学随时都可以，大学的门始终是敞开的。当然众所周知，德国的大学实行“宽进严出”的制度，要想毕业不花点苦功夫是不行的。

教育的意义正如陈寅恪先生所说：“独立之精神，自由之思想。”教育给了我独立的能力，而旅行赋予了我开阔的眼界。

我想，我们的大学也应该像德国的那样，是开放式的，敞开怀抱欢迎所有乐于学习的人，不论是血气方刚、胸怀天下的有志青年还是壮志未酬、年华垂暮的古稀老人，只要他们有意愿、有壮心都可以在大学里享受书香，聆听智者的思想，因为学习是一项终生的事业，在空间上不应有围墙、有藩篱、有壁垒，在时间上不应受年龄的限制和约束，这就是世界名校给我的启示！

正因为有这些历久不衰，与日月争辉的名校的存在，社会的文明才得以进步，全民的素质得以提升。我暗下决心，退休后也要去追寻那未圆的留学梦，让不完整的人生趋向完整。

感恩遇见

一个人的旅程，总会遇到一些事，也会遇到一些人。随着时间的推移，有些事会淡忘，有些人会走散；但也总有一些事不会遗忘，有些人会记忆一辈子。

一、旧金山的房东太太

母亲过世后，父亲让我去美国散散心。于是，还未从丧母的悲痛中完全走出来的我踏上了美利坚的国土。在旧金山机场迎接我的是大学时参加英语夏令营的美国老师 Tishia，我在旧金山就将住在她租的房子里。放下行李，Tishia 给我介绍房子的主人，是一个叫 Terry 的老太太。老太太满头银发，穿着朴素，笑起来有浅浅的皱纹。她热情地带我参观她的大

house，指给我看厨房、卫生间和需要分类的几个垃圾桶（彼时国内还没有实行垃圾分类）。她还特意嘱咐我要当心她养的一条狗和一只猫。当得知我不但不怕猫狗还特别喜欢宠物时，她明显松了口气。正说着，她家的大金毛就跑过来向我摇了摇尾巴，我也俯身去抚摸它的长毛。更令我惊喜的是，Terry 从厨房的架子上拿出一大盒大白兔奶糖给我，表示这是为欢迎我而特别准备的。看到家乡的特产，我真是又惊喜又感动！

第二天，Tishia 载我去旧金山郊外的纳帕酒庄。如同法国的波尔图和勃艮第一样，纳帕也是世界闻名的酒庄。在车载冰箱里塞满 Terry 为我们准备的好吃的，我们就出发了。Tishia 告诉我，纳帕在印地安语中意为“富饶之地”。享受着加州最慷慨的阳光，我们的丰田小车在山谷间驰骋。整条山谷种满了葡萄，蓝天映碧草，葡园倚青山，我们肆意地感受着纳帕美好的一切！我们不时停下车，在野花浪漫的山坡上俯瞰错落有致的葡萄藤，在竖着 Napa 字样的高速路牌前凹造型，在酒庄的花园里野餐、品尝香气四溢的葡萄酒与奶酪在舌尖激起的无穷回甘。

我们在纳帕尽情享受了阳光、美景与美食。可没想到的是，由于电脑故障，晚上倒出照片时所有的照片都被 erase（清除)掉了,我的兴奋劲一下子荡然无存,感觉整个美国之行都蒙上了一层阴影,郁闷到了极点。Terry 见我闷闷不乐,主动问我出了什么事,当得知原委后,她主动提出第二天开车再带我去一次纳帕。我震惊不已,要知道从旧金山到纳帕有足足 75 公里呢。

于是,到美国的第三天,Terry 就载着我和她的金毛又向纳帕出发了。为了不使我感觉无聊,她特地选了一条和昨天不一样的路线。一路上,她告诉我退休前她是美国一个大银行的职员,工作之余喜欢看各种展览,是各大博物馆的 membership。同样喜欢艺术的我一下子感觉遇到了知音,于是我们从伦勃朗的自画像聊到维米尔的《戴珍珠耳环的少女》。沿着 29 号公路前行,我们畅快地聊着天,两旁尽是建筑华美的酒庄坐落在宽阔的山谷中,或如宫廷古堡般的瑰丽奢华、或简约现代如光影流离、或树影荫庇于辽阔谷仓、或飘逸闲适如田园牧歌。一时间,我似乎忘记了失去母亲的悲伤。

后来的几天中,Terry 都给了我无微不至的关怀,她会做地道的当地美食给我吃,会陪我一起做纽约的攻略。只要一有空,她还会主动开车带我去旧金山市区或市郊的景点游玩。整个旧金山期间,她就像个母亲一样地照顾我,给了我至暗人生中的一道光!

二、苏格兰公交车上的老人

和 Terry 一样让我难忘的还有一个苏格兰的老太太,虽然我连她叫什么都不知道。记得那是在苏格兰的自由活动时间,看腻了城堡和教堂的我决意去爱丁堡的海边吹吹风。我研究了一下公交线路,怀揣着 20 元的苏格兰英镑的纸币就上路了。

在站台上等了一会,车来了,我拿出 20 元的纸币递给司机,司机用浓重的苏格兰口音告诉我不找零,此时身后排队上车的人群里发出了催促声和埋怨声。正在我不知所措时,一位胖墩墩的老太太把一堆硬币交到了我手里,并一再用抱歉的语调向排队的人解释:“她是外国人,不了解这里的规矩。”说着,她示意我把硬币投到票箱里,又不断地向司机说:“It is my fault(这是我的错)。”看着我惊慌失措的样子,她和蔼地拍拍我的肩膀,一个劲地表示没关系,这是小钱,不用还给她。她还说苏格兰是个小地方,不像伦敦那样的大城市便利,这是苏格兰的问题,不是我的错。

我紧张的神经慢慢松弛了下来。她又不放心地问我要去哪里,告诉我要坐几站,每次车辆转弯前,她都会提醒我拉好把手以免急刹车跌倒。彼时的我,正受着办公室政治的倾轧,内心抑郁而煎熬,没想到却在万千公里外异域的古老小城里遇到了素昧平生却暖意融融的爱。虽然只是行程中的片刻,但这种温暖的感觉却一直留存在我的心底,它像苏格兰的风笛一样久远、飘香……

三、日本手机店的服务员

我在日本自由行碰到的第一个问题,就是国内的手机由于制式原因无法使用。为此,我几乎问遍了新宿所有的运营商——au, Softbank, Docomo,终于在涩谷的 softbank 找到了手机出租的服务。店长特意安排了一位会说英语的店员接待了我。在填写顾客住址等资料时,她极其认真地用 iphone 帮我搜索到我住的 Weekly Mansion 在浅草的两家分店的照片让我辨认。当我表示我不会日文,能否请她代劳填写时,她一再坚持必须本人填写。完全不懂日文的我,只得依葫芦画瓢,将 Weekly Mansion 的地址“画”在了表格上。眼看着就要租到手机了,却不料信用卡的余额不足 4 万日币,没法租到手机,我急得像热锅上的蚂蚁。接待小姐告诉我只能去买个预充值的手机。于是,她将卖这种手机的涩谷的商店的方位手绘了个草图给我,还将我的需要——买个最便宜的、充值额最低3千日币的预存款手机用日文写在了一张纸上。我被她的细致周到惊呆了。

拿着那张手绘草图,问了好几个路人,我依然没有找到那家店。就在一筹莫展时,有人轻轻拍了一下我的肩头,回头一看正是刚才的那位店员。原来她怕我找不到,又追了出来,说要领我过去。

在她的帮助下,我顺利买到了手机。当我真诚地对她表示感谢时,我看到了那种帮助别人后的满足和欣慰凸显在她年轻的脸庞上。刹那,我觉得日本人是那么地亲切和友善,而她的职业素养和比职业素养更高的"以人为本"的服务精神让我深深动容。一种渗透到骨子里去的为他人提供方便的精神让我这个不会说日语的中国人在异国他乡感受到了真正的方便和礼遇。我特意问她要了张名片,才知道这个有着甜美微笑的女孩名叫"米田喜美"。趁她不注意我用相机拍下了她工作时的身影,她的笑容、她的职业素养留在了我的镜头中,更留在了我的心灵的底片上。

四、澳洲华纳影城的独臂女孩

虽然去过洛杉矶好莱坞和新加坡圣淘沙的环球影城(Universal Studio),但布里斯班的华纳影城依然对我有着不减的吸引力,于是我将在澳洲的最后一天和最后一站留给了华纳影城。可没想到的是,就在我兴奋地等着排队入园的时候,却惊愕地发现事先在网上购买的票子不见了,我的高兴劲一下子像坐了过山车一样,跌到了谷底。

就在我用因焦急而变得不流利的英语向门口的工作人员解释时,一个面带微笑、身穿长袖T恤的女子一瘸一拐地向我走来。她告诉我她是办公室的工作人员,可以带我去办公室用电脑将我事先预订的票子打印出来。我感觉自己见到了救星。

在办公室里,她和蔼地让我用她的办公电脑查邮件,又告诉我桌上的电脑可以外拨国际电话。这时,我才注意到她左手的袖管里是空荡荡的。然而,对于她我却产生不了怜悯,她热情地接待游客,熟练地用残肢操作电脑、电话等所有办公设备,她的脸上始终挂着和善的微笑,让我对她肃然起敬。

打印完票子，我如释重负，真诚地向她表示感谢。她执意送我到售票窗口，看着她艰难地挪步，我屡次表示歉意，但她却毫不在意，还主动提出给我在华纳影城的标志前拍照留念。看着她右手拿起手机，又用左手的残肢稳定住镜头，给我留下了一张张倩影，我感觉最美的身影应该属于她，虽然残缺，却如澳洲的国花金合欢那样，芬芳、绽放。

五、山东海边的一家子

2010 年的大年初二，我一个人背着行囊，来到据说是中国经度最东端的成山头，因为这里是中国最早迎接日出的地方，也是天鹅的摄影基地。

经过了舟车劳顿，下午我终于从威海抵达了成山头。由于是过年，商店都打烊了，街上也看不见几个人影。走在村上，空荡荡的，天快暗下来了，我的心开始发毛，如果找不到住的地方，我这一晚可就要流落街头了。就在这时迎面走来一对母女，母亲看上去 40 来岁，女孩看上去和我一般大。我主动迎上去询问这一带哪里住宿比较安全，不太会说普通话的母亲让她女儿充当翻译。母亲指着不远处的红房子告诉我她们是去女孩的姥姥家吃饭，并表示我可以在那里留宿。望着和善的母女俩，我的心踏实了许多。交谈中我了解到女儿是在北京工作回家过年，母亲还自豪地告诉我女孩大学读的是清华。复旦毕业的我一下子对她肃然起敬。

来到姥姥家女孩热情地介绍她姥姥、姥爷、舅舅、小姨，还有在南京东南大学上学的表妹给我认识，原来今天他们来姥姥家团聚。女孩告诉我今天的晚餐吃火锅，明天的早餐姥姥会为我准备好；小姨给我炕上的电热毯插上电，并招呼表妹来陪我唠嗑；表妹端来糖和水果，一个劲地叫我吃，我觉得好像是前世有缘的一家人在中国地理位置最东端的小村庄相聚了。开饭了，小姨把最先涮好的橡皮鱼夹到我碗里，姥姥一个劲地叫我多吃点，在老人看来年轻人就该多吃点，减肥那是城里人有病。表妹不停地往我杯里添饮料，我也毫无拘束地吃着自己爱吃的海鲜。

吃完饭，姥姥给我打来热腾腾的洗脸水，小姨和姥爷商量起明天怎么帮我免除150元的门票费，尽管我从未提出过这样的要求，甚至我从未想过要免票，因为在上海看场《阿凡达》最便宜也要三位数。商量的结果就是第二天起床后，跟着姥爷扮作晨练的人去成山头看日出。屋里老式的台钟敲了九下，我躺在热烘烘的炕上沉沉地睡去，这一晚我睡得特别地踏实，就像睡在自家的床上。

第二天一觉醒来，姥姥已经磨好了新鲜的豆浆等着我，又端来冒着热气的白煮蛋和馒头，另外还端上了两盘自家腌的咸鱼。那咸鱼味鲜而不咸，非常入味，我一个劲地称好吃，姥姥说好吃我就多吃点。恍然间，我觉得她是那么像我6年前故去的外婆，我的眼睛潮潮的，我知道那不是因为海边空气湿润的缘故。吃了早饭，姥姥又硬往我的背包里放了两个还有余温的白煮蛋，嘱咐带着路上吃。一下子两颗温热的如珍珠状的透明颗粒从我的眼睑滚落下来，6年来我第一次实实在在感受到来自祖父母辈的关爱。

游览完成山头，我准备回威海市区。姥姥、姥爷送我出门，并让我有空带上父母来成山头玩，我俨然成了他们远方的亲戚。我快速地背转身，不想让他们看到我忍不住掉下的眼泪，在我心里也早已把他们当作了我的亲人。

感谢这朴实无华又热情如火的一家子给予我家的温暖，在这个普天同庆、寒风凛凛的迎接新年的日子里。衷心地祝福老人家健康长寿，祝福这一家子都能幸福安康！

母亲在世的时候一直说："我对别人好一点，希望将来我女儿有困难的时候会有人帮她一把。”她总是教导我：“帮助别人就是帮助自己。”母亲文化不高，却有着最朴实最纯良的品格。可惜，她离开我已经整整七年了。她的许多教诲，我也是在她走后才慢慢懂的，现在想起来心里还是隐隐的痛……

后　记

体验是一场人生的旅行

当我们挣脱母体的束缚，钻进父母为我们准备的襁褓时，我们便开始了一场终点未知的旅行。

我们的到来让与我们有着血缘关系的人为之兴奋、为之喜悦，为之百感交集。我们的一颦一笑、一声啼哭都会让他们牵肠挂肚；我们的一举一动、一举手一投足都会迎来他们无限的关注。渐渐地，我们会翻身了，我们能坐起来了，我们的每一小点进步都会让他们为之欢欣鼓舞。当我们用含糊不清的声音发出“爸爸妈妈”的呼唤时，他们会激动得热泪盈眶。当我们迈开小腿，蹒跚着迈出人生第一步的时候，他们会张开双臂，把我们拥入怀中。小时候，我们的每一点成长都是父母引导的结果，也是我们自我成长的体验与收获。我们会踯躅前行了，那是在无数次的跌倒后爬起来的结果；我们会用筷子吃饭了，那是在无数次将饭菜掉在地上后；我们会自己穿衣服、穿鞋子了，那是在无数次将正反面和左右脚搞错后。这就是成长，我们体验着，成长着！

慢慢地，我们长大了，跨入了校门。我们的人生导师从父母转变为老师，但我们成长的方式依然没有改变。我们用肢体去感知，用心灵去体会！语文课上，我们在老师的纠正下，终于拼对了单词；音乐课上，我们在练习数遍后，终于弹奏出了流畅而美妙的音符；游泳课上，我们在呛了好几口水后，终于学会了四种泳姿。我们的成长是老师辛勤耕耘的成果，也是自我体验、自我努力、自我攀登的结果！

随着我们渐渐长大，我们会体验更多的人生风景，或一马平川，或凶险坎坷；或风平浪静，或激流湍急；或小桥流水，或高山峻岭。可能是拿到奖学金的喜极而泣，也可能是高考落榜的垂头丧气；可能是花前月下的幸福甜蜜，也可能是失恋的苦涩伤心；可能是迎来新生命的喜气洋洋，也可能是送别老年人的默默垂泪。

人生就是一场曼妙而别样的旅行，也是一次独一无二的修行。沿途有壮美辽阔的草原，也有一望无垠的荒漠戈壁；有湛蓝平静的大海，也有潜伏海底的暗礁；有巍巍耸立的名山大川，也有白雪冰封的险峻山脉。在阅历的广度和境界的高度上我们砥砺前行、锐意进取，在挑战自我、追求更高、更好的人生路上我们披荆斩棘、所向披靡。体验过旅途的风景，经历过岁月的磨砺，我们才会经得起风吹雨打，经得起雪雨风霜。我们手上的茧子就是这场旅行的笔记，我们鬓角的皱纹是这场旅行的注脚，我们头上的银发是这场旅行的留念。正因为有了这次的体验和修行，我们的心灵会变得更坚强，性格会变得更坚毅，信念会变得更坚定，脚步会变得更坚实！

图书在版编目(CIP)数据

不止是旅行/刘俊著. 一上海:上海三联书店,2020.11 重印
ISBN 978-7-5426-7074-8

Ⅰ.①不… Ⅱ.①刘… Ⅲ.①散文集-中国-当代
Ⅳ.①I267

中国版本图书馆 CIP 数据核字(2020)第 097102 号

不止是旅行

著　　者 / 刘　俊

责任编辑 / 杜　鹃
装帧设计 / 一本好书
监　　制 / 姚　军
责任校对 / 张大伟

出版发行 / 上海三联书店
(200030)中国上海市漕溪北路 331 号 A 座 6 楼
邮购电话 / 021-22895540
印　　刷 / 上海展强印刷有限公司

版　　次 / 2020 年 7 月第 1 版
印　　次 / 2020 年 11 月第 2 次印刷
开　　本 / 890×1240　1/32
字　　数 / 200 千字
印　　张 / 12.125
书　　号 / ISBN 978-7-5426-7074-8/I·1637
定　　价 / 78.00 元